U0059158

陸詩叢
第貳輯

楊小濱
茱萸

主編

獅子岩

王徹之 ——

著

Selected
Poems
of
Wang Chezhi

王徹之詩選　　　　2015——2022

青年之著陸
——「陸詩叢」總序

文｜茱萸

　　在此呈現的是「陸詩叢」，每輯由六冊詩集構成。第一輯的六冊詩集已於2019年問世，如今時隔數年，迎來了第二輯。接下來，還應該會有第三輯、第四輯、第五輯……在最初，我們規劃並期望，「陸詩叢」能夠持續不斷地將更多獨到的文本和獨特的詩人介紹給讀者，如今到來的第二輯，正是這種「規劃並期望」得以餞行的標誌，又一個新的開端。

　　揆諸現代漢詩的歷史，我們深知，基於「嘗試」的「開端」何其重要。而在該文體百年以來的發展進程中，「青年」始終扮演著至關重要的角色，現代漢詩的事業亦總是與「青年」相關——無論篳路藍縷的「白話詩」草創者，還是熔鑄中西的「現代派」名家，抑或洋溢著激情的「左翼」詩人，乃至兼收並蓄的「西南聯大詩人群」，都在他們最富創造力的青年時期，開始醞釀甚至開始成就他們代表性的作品。肇始於1970年代末的大陸「先鋒詩」，亦發端於彼時仍是青年的「今天派」諸子對陳腐文學樣式的自覺反叛。這是文學場域仍舊富有生命力的象徵。此後的四十年間，在漢語世界，借助刊物、社團、高校、網路等媒介平臺，這個場域源源不斷地孕育出鮮活的寫作群體與個人。

　　作為此一脈絡的最新延展，出生於1990年代、成長並生活於中國大陸而又不乏遊歷世界之機遇與放眼寰宇之眼光的年青詩人們，在本

世紀首個十年的後半期，開始呈現出集體湧現之勢。轉眼間已有十餘年的積澱，先後誕生了一批富有實驗精神的創作者。出現在本輯的六位「青年」，甜河、更杳、周欣祺、炎石、王徹之、曹僧，以及上一輯的秦三澍、薤弦、蘇畫天、砂丁、李海鵬、穎川，即處於此一世代最具代表性的序列。

　　這些年青的詩人，已在中國大陸、臺灣或者英倫、法國等地的知名院校完成了不同階段的學業，經歷過漫長的「學徒期」，擁有多年的「寫作史」，並已積攢了數量可觀的作品，形成了頗具辨識度的寫作風格。同時，他們亦獲得過不少權威的獎項，並在詩歌翻譯、文學批評或學術研究等相關領域開始嶄露頭角。他們是一批文學天賦與學術素養俱佳、極富潛力的青年詩人。

　　憑藉各自的寫作，他們已在同輩詩人中占據了較為重要的位置，經常受到大量詩人同行的認可，並擁有了一定的讀者規模——然而，由於機緣未到，在兩岸四地，他們並沒有太多使自己作品得以結集的機會。所以，本次出版的這批詩集，對作者們來說，具有不同尋常的意義。大家的關注和閱讀，更將是他們未來所能睹見的漫長寫作生涯中的第一個重要時刻。

　　這些詩，以及它們的作者，對臺灣的讀者來說，肯定還非常陌生。他們來自大陸，得以湊成第一輯的作者數量又恰好是六（陸），於是，我們乾脆將之定名為「陸詩叢」，並沿用了下來。他們平均在三十歲上下的年紀，是十足的「青年」，在大陸，則通常被冠以「90後」的名目。但這種基於生理年齡的劃分，目前看來並沒有詩學方面明顯的特徵或脈絡，能夠使他們足以和前幾個世代的詩人構成本質的區別。因此，毋寧從詩人的「出身」及「數量」兩方面「就地取材」，以之作為本詩叢命名的便宜行事。

　　機緣巧合，第一輯作者的社會身分背景與寫作背景較為相似（這

種情況在第二輯中已經有所改變），但並不意味著詩叢編選者的趣味將要限制於特定的群體。相反，正由於此番前因，我們遂生出持續編選此詩叢的設想，擬遵循高標準、多元化原則，廣泛地選擇不同背景與風格的作者，陸續推介中國大陸更年輕世代（繼「今天派」、「第三代」、「九十年代詩歌」、「70後」、「80後」等之後）的詩人及其寫作實績，以增進瞭解，同時促進兩岸的文學交流。但詩叢之名目既定，以後所增各輯，每輯僅收入六位作者、六冊詩集，以為傳統。

　　每輯的六冊詩集內，除詩作之外，另收錄有每位作者的詳細介紹，或更有自作序跋文字、作者訪談以及他人撰寫的針對他們作品的分析文章，出於體例考慮，此處便不再對他們進行一一的介紹和評論。我願意將本次「結集」的「集結」，視為六位中國大陸青年的詩之翅翼在初翔後的再一次著陸。

　　　　　　　　　　　　　　　　2019年3月21日初撰
　　　　　　　　　　　2023年5月第二輯出版前夕修訂、增補

2020年版自序

　　2018年夏天，我結束了兩年的美國求學生活回到北京。這並非長住，由於又即將赴英國念書，這個短暫的暑假變得格外忙碌，每天往來於故人親友之間。但即使這樣，我還是找了個機會再去出遊，希望能有時間在喧囂之外獲得一些寧靜。斯里蘭卡是一個完全偶然的目的地，我和同伴最開始並不了解這個國家，只是隨便選擇了一個方便出行的島國。但是人生中很多重要的決定，在接下來的一週中，在這座島嶼上開始緩慢浮現了。從那之後，它的風景還是不時會出現在我的回憶裡。很大程度上這不是因為旅行本身的快樂回憶——實際上也充滿了爭吵、衝突、妥協和許多意想不到的困難——而是因為這次的旅程對我來說，既是逃離，又是一個更深地、真誠地了解自我的契機。它頗為隨機地出現在我人生的時間節點上，某種程度上，凝固了時間，並且又奇異地創造出了我內心時間的多個分支。

　　換句話說，它給予我的啟示，是一種生命時間的綜合性，這個國度的風景，喚起了我一種將過去、現在、未來並不均衡地容納在一起的特殊的心理感受，而這不一定是一種快感。同樣地，在文明空間的意義上，在斯里蘭卡，我們所去過的城市也都具有不可定義的特殊性。它們大都又非東方又非西方，但卻往往又是兩者富有想像力的綜合，即使這種綜合意味著某種失敗或者落魄。正是帶有這種關於落魄的回憶，帶著一種厭倦、遺憾和驚奇的共存，我才在旅行結束之後，在那些虛假和真實的記憶中，一口氣寫下了〈獅子岩〉、〈穿越雅拉〉和〈加勒，雨〉。這三首共同點少得可憐，但其中之一，便是它

們都致力於表達一種沉浸在流變的當下世界中的「綜合感受」，而這對我而言，恰恰意味著一種超越的衝動，儘管這種衝動可能是冷漠的。

實際上，我也越發認為，在當代語境下，詩歌很可能同樣地應該具有這種時間和空間意義上的混雜體驗。這種混雜應該是打破二元對立觀念的。它需要將虛構、現實、主體經驗和中性立場、歷史和未來遠景結合在一起。它應該超越國族，但又不一定必然地指向西方，或者所謂世界文化。它不必避諱抒情，但是又絕不止於一種情感，甚至又不止於表達一種情感。它可以游離、漂移，甚至有權利拒不承認。這是詩歌作為一種精神自由的文本的特權。它的自由必須應該足夠表現出，一首詩不僅需要詮釋體驗，並且需要有能力被體驗所詮釋。

剛才這段話，很可能會在漢語語境下，招致很多的不滿。很多人堅持的寫作心態，往往是民族性優先，對外來經驗的強調，則常被看做是非典型的，或者甚至在文化道德上，顯得很可疑。這樣的判斷有時會包含著一種文化優先性的假設，但更多的時候，表現出的則是一些人固有的自卑心態。其實任何人都不可能逃出自己生存情境中的集體文化意識，也無法完全擺脫群體性的語言習慣。而且在我看來，詩人用他的母語寫作，本身就包含了對語言血脈的傳承，他對語感的把控，對節奏、形式和詞語質感微妙的執迷。事實上，現代漢語作為一種語言本身，它的源頭並非只有一種，而是取象駁雜，異彩紛呈。很多批評者所謂的歐化，其實也是個偽命題，它本來就是現代漢語語法的內在特徵。現代詩歷史上很多詩人（我不喜歡用新詩這個說法，它總是提醒人們新與舊的二元對立，而新與舊是線性的概念），比如馮至和穆旦，他們的表達與思維方式經常是直接取自西方語言，如果以歐不歐化為標準，可能大多數詩都潛有崇洋媚外的風險。誠如德里達所言，文學，至少在書寫層面，很可能並不包含任何絕對的本質。很

難定義哪種寫作方式是本土的，哪種是國外的。博爾赫斯說過，莎士比亞的風格不是英國風格，歌德的風格也並非德國風格，同樣，我們也可以說魯迅的風格也並不是中國風格。這些論斷，如果從線性的角度看，也都暗示了文學在風格化或總體性的類型化的過程中，它對於自己的確認實際上基於內在的異質性，也可以說，一種具有吸納性的自我更正，它是它自己正因為它不是它自己，或者說，在它的想像中，它自己成為它自己的超越。

這種自我否定式的混雜，至少對現代漢語和漢語詩，都是自恰並且是積極的。而在當前的寫作中，也有不少人將目光放到現代漢語之前，嘗試從古典作品中尋求話語形式的突破，以激活古代和現代話語之間混雜的可能性。對此我常常表示欽佩，但是也不無懷疑。與其把古典或者傳統作為話語系統的裝置，不如把它們作為一種潛在的勢能。對古典的形式，意象，姿態甚至是口吻的沉迷，很可能只是對不成熟的現代漢語的緩兵之計。這裡所說的現代，更有針對性，是針對當前時代的漢語而言。在我們的詩歌語言中，以唐人語說話，以民國語說話，本質上，不是不對，而是太簡單，重點全在於模仿。在但丁的意義上，像當代人一樣說話，要求把自身置於自身的體驗中——而這種體驗，天然地包含歷史的延綿和自我的溢出——唯有如此才真正對寫作構成挑戰。而做到這一點，正是克服詩歌語言之難的開始。而我以為也只有立足於這一點，對傳統的重新發現才能避免表面的仿製和附庸的嫌疑。更重要的是，消除關於詩歌傳統的本質主義的幻覺。

這種幻象所表現出的另一方面，是對翻譯文學的不信任。在當代詩歌的生態中，一種廉價的批評屢見不鮮，即指責詩人的語言學自漢語的翻譯。這當然又是另一種附庸的疑慮。像我之前強調的，現代漢語本身的雜糅性，實際上早就取消了翻譯和非翻譯語言的二元對立。而且在百年現代詩的歷史中，對於穆旦、馮至和海子們，翻譯的價值

並不次於詩歌本身的價值。與其說它是一種參考，更不如說，它已經成為現代漢語文學的一部分。一方面它展現的，是更為豐富的語感和感受力；另一方面，它也展現了漢語如何為詩的可能。對我來說，漢語翻譯和英語、法語，以及非翻譯的所謂純粹漢語，它們的重要性，其實都不相上下。重要的事是去觀察其中的語言包含的生命力，觀察語言形式與表意的關係。本科大一下半學期的時候，我接觸到了廢名。不過在那兒之前，在我還不知道廢名是誰時，我差不多在日記裡寫下了一種和他類似的想法，即古詩的形式是詩的，內容是散文的，而現代詩則恰恰相反。更進一步，我覺得這個論斷暗示了，現代漢語的語言結構、語法習慣，都不再有文言文那麼特殊的語法和意指體系，可以讓很平常的意思在固定的結構中產生詩性力量。因此現代詩的核心問題之一，就是如何應對，並且發展新的語言形式。從這個角度看，在傳統表意結構已經破碎的情況下，翻譯文學的語言提供給漢語的內在可能性，幾乎無出其右。

我絲毫不掩飾自己對好的翻譯作品的熱愛，同樣我也得說，不管是文言文、英語，還是我相當笨拙的法語，都給我在逐步培養自己的節奏感和語調方面，提供了非常多的啟示，當然還有焦慮。但我的焦慮，卻可能和很多詩人不同，並不非常關心一首詩的內容的價值，也不關心它到底對現實世界有沒有責任感。我的焦慮甚至不全在於語言，而在於我究竟在多大程度上，通過一首詩的寫作提煉，並且創造了我的洞察力，這種力量，又在多大程度上足以反哺我的寫作、我的智識、情感和經驗，並豐富它們互相之間的關係。相對來說，我對於現實和歷史不但不焦慮，反而更有耐心和同情心。

當代中國文學的本土意識，簡單說，其實也就是對現實和歷史的焦慮的反映。相關的理論我懶得多言。但顯而易見的是，在中國諸多獎項，會議和批評體系中，反映現實仍然是佳作的第一準則。對有些

人而言，對現實的推崇無疑是一種愚蠢，而對另外一些人則是自欺欺人。問題的關鍵，不在於我們是否應該現實，問題在於我們該如何現實。現實的定義，本身就很含混，而一味地尋求表像，通過現實經驗來支撐寫作，總有一天會面臨燈枯油盡的危機。布羅茨基說過，詩歌必須干預政治，直到政治不再干預詩歌為止。這句話也可以換成，詩歌必須干預現實，直到現實不再干預詩歌為止。但前提是，以詩的方式。我很長以來的信念是，詩與虛構和謊言的關係，要比小說和它們的關係密切得多。詩的目的是真實而不是現實。莊子說，卮言日新，藉外論之，這毋寧是表達了無稽之談和真實相通的重要基礎。真正的虛構，簡單來說，並不是完全天馬行空，而是隱含著對於真實的一種迫切的需要。而專注於個體內心的寫作也都是出於對真實的執念。這種真實並不見得僅限於內在真實，或者文學的真實，還有現實的真實，比如意識形態、倫理、人際關係、政治，民俗風情等方面的真實。阿多諾說過，任何抒情詩都帶有社會性。喬治巴塔耶對華茲華斯的重新評估，說到底也證實了這一點。我覺得，現實作為一首詩需要觸及的概念，遠不如詩作為現實需要觸及的概念來得更有吸引力。坦白說吧，一首好詩，應該是一次對於現實富有魅力的吸引。

另外，歷史也同樣作為一種問題存在於當代詩的寫作中，有的時候，甚至比現實問題更困難。只要看看八十年代（甚至更早）至今仍然不絕如縷的史詩熱潮，詩人們對詩歌長度的迷戀，政治抒情詩，以及有關不同族裔的神話寫作，就能完全體會到這點。除了其中的少數，在製作和觀念層面上，這些詩都以一種空前絕後的愚蠢的熱情，向我們表明歷史如何成為詩的負擔。我並非蔑視歷史，恰恰相反，我也非常渴望歷史可以在我的詩中扮演某種角色，就像某種節奏類型，或者某個隱喻所扮演的角色那樣。歷史感是一個重要的問題。但我以為，詩對歷史無限敞開的前提是，詩必須首先卸下歷史的重負。這麼

說，不是表明詩與歷史的對立，而是表明，詩的歷史感其實來源於對歷史作為一種事實條件的，策略性的輕蔑。對二十世紀以來的漢詩而言，詩的自負可能是對歷史更大的尊重。只有保有這種自負，或者，這種高貴，詩和歷史的關係才能是健康的。

這是一種精英主義的立場，我對此並不否認，反而還引以為傲。這其實很與後現代的學術和文化政治相衝突，也會讓那些熱衷研究大眾文化的人嗤之以鼻。但是越是在這種背景下，詩的高貴就越顯得不同尋常，它有自己的法則，常常把自己置於和現實，歷史等同的地位，並且因此受到責難。我自己經歷過的最多的責難，即是詩的晦澀。對此我會反問，詩為什麼不應該是晦澀的呢？難道有人指望一首詩應該像一篇英語學術論文一樣有條不紊？在所有語言的表意形式中，只有詩，其意義的重心，並不在意義本身。想要理解意義，一個人完全可以去關注報紙的頭條，或者偷看女朋友的日記，做這些事的快感，要比讀詩來的容易得多。所以，為什麼要讀一首詩呢？詩不是用來理解的。如果理解了，是一種幸運，但是不理解，常常意味著一種更深刻的幸運。它對於觀念的挑釁，它創造的意象間的關係，它擁有的氛圍或製造的情境，可能正在邀請讀者勇敢地加入其中。

詩的晦澀也存在著另一種可能，即表達方式的更新，讓閱讀成為對思維慣性的阻礙。但是需要知道，陶淵明、杜甫、李商隱在他們的時代都是晦澀的，因為幾乎沒有人以他們的方式寫作。一直到今天，他們作品的意義仍然繁複深邃，無法讓讀者透徹理解。但是因為人們審美已形成習慣，他們的難度也並不會被非議。白居易聲稱作詩應通俗直白，但是他最好的作品卻也不是那些通俗之作，反而都具有相當的難度。蒙塔萊說自己要做人民的詩人，但是他的那些最無與倫比的詩作都是晦澀的，其意義的幽深處，甚至幾乎是完全費解的。如果一個人自信到，覺得讀兩三遍就必須要明白一首詩的意思，否則便是這

首詩的問題，那麼這個人最好永遠不要讀詩。替人準備演講稿可能更符合他的氣質。

這種自信，歸根到底還是在潛意識中認為，人天然享有對於語言的權力。就像很多無關痛癢的人問道，為什麼是中國人還要上中文系一樣。他們無法理解，語言為什麼不可以做人聽話的奴僕。事實上，人通常是語言的奴僕而不自知。這種盲見，和凌駕語言之上的優越感，其實隱約暴露出的，是心態的狹隘，以及一種不被意識到的，思想上的獨裁。與此相對來看，詩人的精英立場，難道不才是一種民主精神嗎？另外，這種自以為是，也通常和虛榮心有關。一個有趣的現象是，人們去看畢加索[1]的畫，雖然看不懂，還是心生敬畏；去聽李斯特或巴赫[2]，如果聽不懂，還是會正襟危坐，一臉深沉。但是遇到讀不懂的詩，可能多半會把責任推卸到作者身上。美術館和音樂廳所帶來的感受，和白紙是不同的。很多人感興趣的，其實不是藝術本身，而是藝術所帶來的虛榮心的滿足。

詩人要做的正是警惕虛榮，同時警惕它出現在自己身上。而對於寫作這一特殊行為，我認為防止虛榮的最好方法，是盡力解除當下詩歌生態中諸種固有觀念的束縛。馬拉美說過，詩歌是恰當詞語的終極組合。這個觀點，也促使我進一步反思作為一門技藝而非觀念的詩歌。我認為，詩歌寫作的核心技術是善於打破常規，最高技術則是讓詞語保有最大的生命力，讓詞語的組合產生最合適的效果。除此之外，寫作者不應被任何門戶之見影響。另外我覺得，把技術理解為修辭，其實太過片面。謝默斯・希尼說，技術是承載感情的實體。但從另一方面說，技術是一首詩的整體風格和構成這個風格的每一個細節。它隨具體情況不斷變化，拒絕將自己全盤托出。這意味著，詩即

---

[1]　臺灣譯作「畢卡索」。
[2]　臺灣譯作「巴哈」。

技術。很多詩人的寫作則側重於修辭，他們喜歡正面強攻，不厭其煩地表達自己的想法。而在我看來，詩是懂得如何拒絕表達。但是這並不等於，詩是意義的無意義的拼湊。一首詩的晦澀，依然要在某種程度上，保持其清澈明晰的內核。這是臧棣師對我說過的話，而且我也從很多詩人身上得到了啟示。至今為止，在我的技藝或者詩歌觀念方面，影響較大的詩人或團體包括但丁、約翰·鄧恩、W.H.奧登、狄蘭·托馬斯[3]、自白派、布羅茨基、馬拉美、溫李、莊子、華萊士·史蒂文斯、謝默斯·希尼、蘇軾等等。這本集子，不敢說在任何層面繼承了他們各自所代表的傳統，只試圖在當代漢詩的語境下表達我個人的聲音，或者說，表達一種努力尋找並確立個人聲音的嘗試。它包括了我一年前在美國出版的《詩十九首》的部分作品，但大部分則是寫作於最近一年的時間中。在此要衷心感謝蔣浩先生的幫助，才能使這本詩集得以問世。

　　這六十首詩[4]，沒有按寫作時間排列，而是按照某種調性的變化進行了一定的重組，但也並非絕對。因此它們可看做一個整體，也可以看做一種探索性和階段性的寫作整合。它們中很多都並非純粹的抒情詩，雖然幾乎又都有抒情的成分，有些立意全在當下，有的則與神話或典故進行互文。這些詩很少直接為單一的意圖寫作，但是又用不同方式，暗示了彼此之間或可存在的關聯，和意義衍生的動機。它們都不約而同地對個體經驗，行旅風物，愛與遺忘，想像與現實，或者詩與世界的關係進行思考，有的提出了疑問。關於這些詩的具體主題，我不能再說太多，我希望它們能邀請閱讀它們的人，並自己向讀者發出聲音。這些作品所表達出的心願，也多少寄託在這本詩集的名

---

[3]　臺灣譯作「狄蘭·湯瑪斯」，為威爾斯作家、詩人。

[4]　編按：2019年時收錄數量。

字「獅子岩」之中。它是斯里蘭卡的景點，在科倫坡[5]東北，是一整塊山岩，上面保留著古錫蘭國焚毀的宮殿殘骸。對我而言，它既是整體，又是碎片的積累；它既是粗糙的，又是精細的；既是雄偉的，又是脆弱的；它屬於想像，但又是可觸摸的；是個體的，又是群體性的；是異域的，但又屬於東方；它是某種獨特的記憶，又是沒落的廢墟；它是精神性的遺存，但又被自然力量左右；它是山岩，卻傳遞著虛無的漂泊感，以及來自未知的大海的氣息。獅子岩作為一種幻象，既包含了我對這本詩集的期待，也在很大程度上，包含了我對詩歌本身的某種信念，以及這種信念所帶來的，那些不可避免的激情，失落和憧憬。而且我知道，它們會在今後的日子裡反覆出現。

2019.11.12於牛津博德利圖書館

---

[5]　臺灣譯作「可倫坡」。

2023年版自序

　　這本書的書名我想了很久，最終還是叫做《獅子岩》。主要原因是，本書收錄的半數左右的作品都來自於2020年的「新詩」叢刊版。從2019年開始，我的寫作思路和技法雖然產生了很多變化，但是總體而言，仍然隱現著《獅子岩》第一版的初心。在本書稿件的整理過程中，我對初版中收錄的作品進行了刪減，同時增加了近兩年部分較為滿意的詩作。我給所有詩歌都標注了寫作日期，雖然收入本書的詩並非完全按照時間排列，但是細心的讀者，或可從中見出我的詩在這些年間一些變化的線索。若能如此，那麼於我則是一種特別的欣慰。

　　最後要衷心感謝楊小濱教授，和詩人茱萸兄對本書出版的支持。目前我正在博士畢業論文的收官階段，每日疲憊不已，序言先寫到這裡吧。

2023.1.12

目次

輯二｜附錄與訪談

詩選74首

林蔭道

終點的松樹鉤住大地，
不要前行！落葉正焚燒起飛的山巒。
你等的人將在冬日來到。
她身後，黑色暴雪考驗海鷗的心。
我貼身於童年的烤架，
渴望越炎熱，永恆離我越遠。

——2015.8.29

兵馬俑

銅馬刺的陽光。廣場。
車隊在防線之後匍匐。
越過山頂，我們看見那長方形大海：
人群爭相與寂靜合影——

而寂靜是過時的配角兒。
它來自我的嘴唇，烏雲的第一頁，
鏡子裡的定時炸彈：
讓女人們看到她們兒子的骷髏。

我聽到她們在小鐵盒裡哭泣，
低沉，光亮如錫箔，憤怒如水銀。
而男孩一去不返！他牽住母馬的尾巴，
他在小馬的碎片中飛馳，

在人造太陽的劍尖和劍柄間來回。
可憐的表演者，不要為輕佻的逗號悲切！
讓白蟻們飛舞，圍著擴音器打轉；
帶著孑然的句號，讓玻璃鳥給暴風捎上口信。

但在雨的器皿中，
偏見與光榮會消失，木頭會變軟，
學說會像腐蛆般生長。
我的愛人，我的母親，你們卻是這一切寂靜的起因！

——2016.1.28

我從空氣中的金色劃過

我從空氣中的金色劃過，
像玻璃上的水珠，傾斜地下落，
既不像流星，也不像彗星。
我從水中的綠色消失，
帶著金色的空氣，從帽子裡掙脫，
卻不像人們期許的
在鞋上走路，對著小喇叭說話。

臺階在忍受蒼白！
它將飛過言辭激烈的四月，
如卵被電擊──當不一般的愚蠢在天空開花，
五月在我的大腿生根，
並把毒汁塗在母狗的嘴上。

動物們看見致命的螺旋，
在我綠色的舌頭裡，鹼性的愛
從分散中擊碎上帝的酸；
而石塊聚合，無聲如大海，如彗星。
我的嘴巴變乾，像白帆高聳，
從燕子的抗議中飛入
我自身的加法，用獅子的零對抗光的一，

我多麼想有大海般不受損傷的心！
我多麼渴望有限的明天，和鎖孔的昨夜⋯⋯

神聖的一刻將我倒數。
也許在人們看不見的睡眠裡
如同桿菌的夜晚，我在我的胃裡發酵
把兩隻菠蘿當成一把鑰匙，
把數字交給火，和它玩笑般的電線。
我的聲音在我的身後說：
看，那蛇的決定，風的速度——
那空氣的水，水中狂暴的金子！

——2016.4.11

冷和熱

像吐出去的橄欖，
唾沫中的彗星，血中的風，
他們稱這種輕微的
冷叫做無濟於事。
三點鐘，世界仍舊圍著葡萄旋轉，
牙縫的星座一閃一閃。

在奔跑的房子裡
聽見爆炸從報紙傳向音樂。
臉的聚變，讓窗子迎風消失
如幕布拉起。這裡——
誰在說話？誰在六月的天空疾馳？

隔著大海，我看見
謊言被密封入罐頭，如天真之眼
使雞恐懼，垂下他們的斯多葛面紗。
放火，飛翔，但得注視
這藤蔓，小小陰謀的舌頭——
隔著鐵皮：兩端的黑色之吻！

這使他們的嘴唇結冰，
變得一致，如同塑料插花，
中空，竹筍般生長，變為地獄。
但沉悶的空氣中，我將吃掉
你混著果漿的，孤單的、熔化的星星！

——2016.6.6

枇杷

你的一串啜泣
像枇杷！
目光四處試探
這人間！

當心──
凹槽很深！
注意──
有聲音下沉！

星星老去
但是不死；
等待
一雙手摘下

──2017.5.29

普林斯頓蘋果園

從普林斯頓經過紐黑文，
一套老式黑膠唱片，終於熬到結尾，
在新英格蘭，冬天彷彿還未來到，
但富有啟髮性，一陣白頭翁的鳴叫
包含刻意的停頓。有時，以這種方式

詩人急於捕捉，她與觀眾之間
那隻乘坐大地的微型氣流的虎斑蝶：
翅膀是赤金色，周而復始；
在野兔閃逝的草叢上，它如鷹隼般專注，
幾乎忘卻它身後宇宙倉廩的音樂。

而一旦從轉變的疾風中墜落，
它巧妙的平衡，輕易地通過
那泡沫般，沉浮在沸騰雙翼之上的
自我的外在凝視避開了讚美；
在果園的成熟中，她看見它猶如大海

緊盯著虛無，故而從不枯竭，
更何況在籃子裡盛滿布穀鳥雨水的月份。

弗朗茨・舒伯特[1]，寫完《聖母頌》後
打算暫時收工，當他用鉗子卸下車輪，
柔軟的橢圓，在黑蔓越莓叢生的十月升起。

──2017.10.13

---

[1]　臺灣譯作「法蘭茲・舒伯特」。

碑帖

驕傲得像一眼深井，彷彿要騰空躍起，
不顧及蛤蟆太陽中的眼淚，
灑下怎樣持續的清輝。在西瓜地，
女人漫步於時光的歷史中，為風景
結下黑色的種子；而巨嘴鳥的丁香叢裡，
螺絲般的花蕊，向下生長，幾乎可以穿透天狼星，
將饕餮和七月的流火擰在一起。
在這汗如雨下的聲吶中，愛情被召回到大廳裡，
坐看菲托努斯倒地，對著長風哀求；
而你遲鈍如鎮墓獸，指揮著漣漪。

——2017.10.14

從查爾斯河出發

河水已經完成了它自己的任務，
無論輸送養料，還是給一整塊青花石
摳出來的冬天打造一個襯底，
連斜拉索橋和它冰封的每個銷孔都認為，
它表現得十分出色。像齒輪恰如其分，
在觀光船滑行的程式中，對導遊詞的把握
準確像計時器，從上游的霍普金頓[1]
一路旖旎而來如人造燕子，在城市的指縫間穿梭，
像熟練的織工挑選百衲衣，並善於
在特定的時刻接納墜落的靈魂和朽星。
體面，但容不得滲透，靜止時，
它看上去就像精心設計，用來固定
你頸椎的鋼化板，但雨水同樣能濺起浪花，
以至於縈繞你的思想，河道兩岸卸了妝的風球叢，
也張牙舞爪像廢石料閃光的空氣。
一座風和大西洋鑿出的城市。巨大的綠色朦朧
在遠處地圖的章魚狀分叉中展開，火車
開始加速，像蛋糕師擠奶油時最後炫耀的一甩，
以天然的造型勾勒你伸入大海的火線，

---

[1]　Hopkinton，美國東部小鎮。

當早晨太陽劈哩啪啦在對岸島嶼上響亮地敲打，
一聲威嚴的號令半空中顯現，你坐在陽臺上，
小口撕著奶油的夾心，唓著紅莓醬，
回想它殷紅的命運流動在這大地的銀色靜脈中。

——2018.2.9

路人致她鏡頭下的女孩

你有我想要的平靜，
陌生人，這種話難以啟齒，
尤其在這個國度，柳樹從深淵的高風中
抹去它的影子。水面的界限消失，
而你走在天空遺漏的茫渺之地。
在橋上，你是你自己渾然不覺的一部分，
以你的腳步，永恆滲透霧氣的厚度，
它強勁的脊柱彎曲，把帆沉入水下；
橋洞背面的光隨著眼神燃燒，
化為我取景框的灰燼。這情形與預料相反，
在我說話前，蝴蝶的歷史已將我們隔開，
你的生命可能是洋金花，黑種草
和高翠雀花中的一種，但無論如何，
我對你的讚美中，除了激情
和對我平庸的青春年華的回憶，
道聽途說占據了很大部分；然而，
視野並不更加模糊，其中有些元素，
我們從未真正想了解，光焰俯向麻雀巢穴的嬉戲，
水面綠色的轉音，你神經上的仄韻，
被話語的陀螺抽打，這狂愉的，
冷淡的賦格旋轉太快，而時間的脂肪

在你插進口袋的手腕凝固。但是，從不需要，
就像你的朋友所說，即使像安提戈涅¹，
並非對最終的忘卻一無所知，
我將努力從你行走的謎中，重新認識這聯繫；
如水車前草般，柔韌，蒼茫於
普遍真理的否定性，你身上發生的無論什麼，
對於我，這美來自厭倦，但對我們卻是適宜的。

——2018.6.6

---

¹　希臘神話中底比斯國王伊底帕斯和他的母親柔卡絲塔所生的女兒。

返程

海鷗被輕浮的熱情所左右，
從這一浪看，善於周旋如賣魚的小販。
在泡沫中，想像的魚影
並沒有成為任何人的誘餌。
儘管擔憂明確，暗含了空氣的企圖，
我所置身的這片內陸，掩飾著
絕不任自己老去，讓海的陰影湧向雲層，
再對它閃爍磷光的臉摔下風暴。
因此，飛機如名聲般墜入水底，也因此
你的猶豫不決也正步履蹣跚地返回
它飛馳在雨的光纜上的童年。
那裡車站碼頭工人般，泥濘而渾身水氣，
而濃霧中人群像長條濕毛巾，被一雙手擰著。
這就類似我們之間的國度，無物在此終結。
但現在，你的名字及其沿岸的熱風
早已通過對短暫旅程的總結，和對自我清單的熟稔，
把感受的延遲推及到時間的所有意圖中。

──2018.7.17，改於2019.1.18

獅子岩

利爪的太陽，紅空氣
揪著我們上升。在來到山頂之前，
好心的，難以分辨面孔的尼甘布人——
司機稱呼他們為「叢林人士」——輕如羽毛，
隨風黏在半山腰凸起的岩石上。不像我們中的任何一個，
來自中國，南亞或歐洲，笨重而疲憊，
一群連休息也得供人觀賞的土象，雜亂有序地
被編排在隊列之中，頭也不敢抬——他們也微微低下頭，
克制著自己的趾高氣昂，幾乎與岩石融為一體。

和獅子相比，捕獵的技巧還不成熟，司機，
神態已經說明了一切。躊躇時，突然從岩石裡顯形，
彷彿我前面哪個人作了祈禱。「讓我幫助你吧，」
一種混雜著當地語，咖哩與魚腥草的英語，汗水中露出憐憫，
他感到自己會被需要，因而說出了「我們當地人——
來這兒，做好事。」後半句像個殖民者，強調著某種
他們自己將信將疑，而道德性不容爭辯的廢話，
直到轉過山腰，語言露陰癖般，暴露出最混蛋的那個詞——
也許還夾雜著翁達傑那特有的怯懦——而我們

拒絕的口氣，更加正義，也更像野蠻人，
或者來自蒙古利亞，特洛伊和古阿拉伯的輕騎兵，
此刻高高地佔據山頂，帶著野兔掙脫厄運的興奮。
兩個世界一分為二，遠處的三明治風景
典範於金槍魚蛋黃般的光暈；歡呼恰到好處，
瘸著一只腿的狗搖著尾巴，新婚夫婦
趁小孩溜號的間隙瘋狂親吻。這片新被征服的土地上，
（只要有錢，每天會被征服百八十次），
旅行圖冊，從新的秩序中找到生機，
而已經打亂的，則並不在我們稱之為生命的歡愉中。

——2018.8.9

穿越雅拉[1]

出發時，朦朧的天色
尚未被月光最後的哀吟喚醒，
亞樂緊隨我們，朝向厄俄斯的雙手
所推開的平原遠去。月亮暗紫色，
盡可能俯身，以便讓濕地狸藻自鳴得意，
閃爍像大地樂器上發光的箔片。
每一根弦都使我們低調，把自己縮進口袋，
而斑點苔像陰影般透露著恐懼，彷彿音樂
戲劇性的框架；反差中，水牛的重音
倒比它更羞澀，對越野車輕佻的喊叫無動於衷，
反而橢圓地上升，直到和風融為一體，
發出魯特琴般暗箱的回音。有時被提醒，
操琴者，即使明知不完美，但依然保持克制，
臉青得像本地的石料加工員，不放過一點赭石色，
對待人和火星別無二致；但車燈滔滔不絕，
更強調你我周圍，大海的碎片
如藍孔雀般結晶在確切的岩石上。
通向現實的必經之路，是音樂成為它本身。
等待獵豹時，彷彿看穿另一種虛構，

---

[1]　雅拉國家公園，位於斯里蘭卡南部。

我們自身也被缺乏象徵性的樹影沐浴著。
像蜥蜴般匍匐，蒼涼的轉音，謹慎地出沒
並在沼澤的結尾吐露它的祕密，彷彿某團火焰
燃燒在我們自覺的內省中。但意識漫無目的，
構造如三明治般簡單，你親手固定了它的形態。
那些隨我們的顛簸，猛烈扭動的是什麼？
無聲的，成熟的抽泣，在雨水來臨之前減弱頻率。
而在蒼鷺所飛過的，以及曾經
幻想探險的風景之外，聽眾無關緊要，
一種啼鳴已不存在於我們想像的觀察中。

——2018.8.25

加勒，雨[1]

苦役的蜂漿，胡亂塗抹著嘴唇。
桌子上擺滿了甜蒲桃，與卡其色鳳梨，
黑色衣裳烏雲般聚集，沉吟著鬼魂
滌棉布般洗練的語言，直到雨開始飄落
讓大地的重量增加，把麻栗血塊狀的葉泥、
獼猴的糞便，和英式植物園的鬱金香樹
被印度洋的日光烤焦的氣味混在一起。
我光著腳，踩在拼貼著卵石子和混凝土
花瓣的磚道上，為了刻意的圖案而完成它，
你體內的火鉛球也跟著下墜，
使痛苦一點點失去我們。它飛翔的模具無法
攫住煤球般的雨滴猶如因行星破碎
而死去的黃蜂，砸向芒果攤竹竿支撐的頂篷
沖刷的激流，小山丘上帽子的郵局，
按摩館如女人經血染過的木棉樹的脖頸，
白蟻群的珍珠項鏈被風扯碎。池塘的英語
經由果蠅調音，從海灘酒館迅速聚攏
圍著重金屬啤酒飛舞，海浪
模仿著瓦納姆[2]，以你鹹澀的瞳孔

---

[1]　加勒，斯里蘭卡西南部的城市。
[2]　斯里蘭卡的一種舞蹈，綜合了詩歌與音樂的形式。

盛滿詩中逝去的大海。碼頭黑夜扭動著小巷，
不停有車燈麻風病似的顫抖，
招徠客人的語言，多被簡陋的漢語取代，
元音服從著抑揚格。加勒的港口，
黏膩如椰奶的雲斟滿了狗窩，月光徘徊
在彌漫燻魚和肉桂味的客艙內。我們
繞過水窪回家，緩慢地，如當年冒失地
過來探險的兩艘卡拉維爾船[3]，蹣跚在滑石粉
做成的細沙和彩色旗杆濕滑的鳴叫裡。
現在星星成群結隊卸下我們的貨品，
我們的身體要比暴雨到來前更新。

——2018.9.18

---

[3]　一種15世紀盛行於西班牙和葡萄牙的三桅帆船。

敖包

即使最善歡呼的鳥
也不會盲目地厭倦它。
在每一個浪峰上，統治著運動，
儘管不動聲色，任憑綠色的大海
在下方快速前移，太陽的血球飛速旋轉，
我們的側影為它分開了潮汐，
並愴然給它牽好韁繩。這歡快的小馬，
昂著頭，驚視著往來者，
他們祈禱彷彿死亡並不存在[1]，
而水母色的月亮，正從西方下降，
沸騰另一側的海面。光沉沒入我們的眼睛，
以及悲哀，而我們的耳朵厭倦了帆。

——2018.8.29

---

[1]　瑪麗安・摩爾詩，"A Grave": as there were no such thing as death.

烏鶫鳥

——贈從安

在希思羅灰色的，

狂犬病般發作的陣雨中，

我提好行李箱，用黑手套

欺騙，並遮擋遠處天使光線的灼燒，

我的大衣覆蓋的心靈

焦黑如烤肉架下的煤球，

愛的錫紙融化於它的舌頭上，

混入海德公園的燒酒，熱狗攤的冷氣

和停機坪腋窩的溫度計裡，

水銀環形上升如戴安娜噴泉。

而我身體的星期五，在長途車

結巴的旅行與週末無事可做的恐懼中，

幾乎笨拙地，把醉醺醺的

眼球充血的月亮和在我體內

與我內心河流分道揚鑣的火星混為一談，

彷彿靈魂此刻故地重遊，

尋找我失落在我不能賦予它形式的

由於一種知識的確切性

而隨風搖擺的樹叢中的，

那驚慌逃竄如烏鶫鳥的天賦。

有時也叫百舌，雖然一言不發，

但也好過歐歌鶇（遠看像白臉樹鴨，
槲鶇，或者垂涎的縱紋腹小鴞），
彷彿來自歐洲，卻和籠子裡的畫眉押頭韻。
我用全部的時間走在籠子之外，
走在它碳土似的雨與稀薄的記憶空氣中。
據赫拉克利特說，我們所失去的一切
都與火發生著聯繫，而我所獲得的，
如你所見，此刻都在啞雨中成為暫時之火。

——2018.12.13

外灘行

——贈子瓜，兼示瘂弦，作焉

這洶湧的風景沉澱在江水中，
遠看積木般大小，被拉開疾風的
筋脈波浪般起伏的臂彎
輕輕地收攏。船舶行於水下，
看似屬於它們，搖曳在金屬珊瑚叢的倒影
和石灰岩嶙峋的漣漪間，
而瀝青般的霧不耐煩地翻滾
給旅行團喉嚨的高速公路上漆，
讓急駛的華北口音揚長而去
沖入吳語的積雨雲，它黝黑的，
蓬鬆如棉的絲綢被歷史之蠶
吐成縫合新舊河水的，閃光
如晾衣尼龍繩的絲線。外灘潮濕的低地
補丁般乾癟，附議在萬國銀行
腳下鯱魚般川流的灰色皮氅
和她們缺乏淚水的，沉重如坦克的眼眶裡。
她們哥特式[1]的顴骨盤旋新的語言，
她們巴洛克式的圍脖，打著噴嚏的碼頭，
明知徒勞地顫抖在冷靜的晨光中

---

[1]　臺灣譯作「哥德式」，指歐洲中世紀的一種藝術形態。

戚戚如老兵。和平飯店的時鐘內
時間的戰役結束了。但無人失去什麼。
他們所得就是他們想要的，
儘管此刻悲哀已耗盡，而江水突然改變主意，
決定臨時轉身還我一個飛馳。

——2019.1.9

美杜莎

當喉嚨的地平線上
那顆孤獨的，穩定如砝碼的行星憔悴，
疲倦地給海浪的元音稱重，
而那自肺部，湧起的比喻岩漿
輕吻舌頭的海岸，推著那白色的長音前進，
我將返回你的甲板，福耳庫斯[1]，
雪的黑線團正在帆桅針腳下燃燒，
把海長著痢疾的空缺，填滿雙腿間的蠟燭灰燼，
如落葉般毫克地在死亡上堆積。
但她看得出，它們並非來自赤松，火雞雲杉，
或者成熟的西班牙栗冷如雪橇的枝頭，
也非來自那注視她的，在她的注視中
比北紐芬蘭還荒野的詩集冊頁，
它們是她頭腦陰燃的乾冰，是馬勒進行曲
年邁而渾濁的瞳孔從雨的有限性中
躍出的客體之虹，是雪利酒子彈似的冰塊
在她構想的沉睡中射穿風的小腹。
而她的身體上，愛的武裝解散了，
後來別人才知道這場戰爭並不存在，

---

[1]　希臘神話中的海神。

至少對觀眾來說，當她的每一絡頭髮
頃刻崩散如坍塌的巨石陣碎片，
大海也會立即化為烏有，於是
遠處蔚藍的唇音沙沙作響，幾隻海鷗
在雲的吧臺爭奪，沒有目的，也沒有因為無知。

──2019.2.3

卡呂冬狩獵[1]
──贈朱雪頤

來自大都市的希臘神像們

缺少它的幽默。海閃爍釉光，

拉奧孔的蛇纏索般，垂入地平線

拖拽著這顆冰冷行星；

而半裸的維納斯，如水手觀測著風，

通過她在海浪陰影下

一架鹹濕的目光想像群島有多遠，

如何與大陸保持間性聯繫，

儘管斷斷續續，風格卻必須

連貫；像批評家們對我們的歡樂

呼出的泡沫偏愛泰然處之──

可無論是對你從它隕石般的臉上

瞥見的那無數匹因狂喜而顫慄的流星，

還是在公里的加速消亡中，

對它生活波浪上魚躍的呼喊

和馬刀般彎曲的臀線，以及原始風度來說，

美，和它的悲劇性，一旦被確認，

就必然認同我們既是觀眾，又是它的發生之地。

──2019.2.13

---

[1]　牛津大學阿什莫林藝術和考古博物館收藏的浮雕。

悼W.H.奧登

頭腦的統治崩潰

像厄爾巴島的火山灰，

雙眼的鐵幕拉下，目光

也隨之敗退。在九月，

穿過維也納舌頭的晚風

不再與教堂的鐘聲押韻，

街道焚毀杉樹的選票；

靈魂宣佈，他身體的計畫破產了，

而他牙齒的各個時代

根基都已經動搖。無人叛變[1]，

更沒有抗議，他死去

在關於他的死的意識裡。

而那意識已經過期，

它簽署的文件被另一個他撕碎，

儘管他們彼此熟悉，

如同拉琴者和琴弦，

但現在他的精神靜靜地躺在

他對象噴泉的殆盡中，

---

[1]　W.H.奧登，"In Memory of W.B. Yeats": The provinces of his body revolted.

如此完善，恰似一個諧音。
他就像方濟會的管風琴無人彈奏。

——2019.3.7

夫婦

他們燒彎的身影先於
他們自己坐下。
兩支鏽蝕的錨
沉在水底，年輕的
帆船被一陣風輕快地維繫著。
水從中心向四周
消失，纜繩般拆散
擺在海藻色桌布的虛無中。
島嶼的小托盤
在上面移動。他注視著
她，和浪花間
她曾經喪失的事物，
並不悔恨。而窗外
碼頭冷淡的光線中，
另一個她彷彿
剛剛走進來，他知道，
他們得再次起航。

——2019.3.21

尼斯海灘

海浪的蟹腿拖曳著來往的各種事物，
礁石藍色溝股間的激流
使浮渣暈眩，這些白色的，遠看猶如
盤踞在天空之廳的石膏碎末的
星體顆粒，裹著蒸汽，在翻炒它們的巨鍋中
逐漸浮現船帆消沉的見解。
浪花抨擊著深水線，你的魚躍
來自一種向下的意志，
振奮著海鷗，再通過雨解散它們。

———2019.4.12

馬塞納廣場[1]

正午，那些眼角疑似充滿鹽的
結痂的海風繃著臉，
它眼睛的海鷗，穩如細浪
安然像一座岬角，不厭倦地
重複消滅以完善自身。
而礁石與海風相持著，
遠看像濕潤的拳擊套
畏縮在潮汐的歡呼聲中；
另一些，則野鴨般鳧在淺水，
像是地平線上疾駛的
看起來卻行動緩慢的縱帆船。
有時又類似蕎麥麵塊，
被風發酵之後，緩慢隆起
連同它的意識：想像周圍的事物
焦炭般下沉，如船骨飛散，
瓦解泡沫轉瞬的巨廈，
再將它血液裡的城市掃盡，
像拿破崙重新侵略歐洲，
上緊夾竹桃的滑膛槍，

---

[1]　位於法國尼斯。

它的子彈猶如煙卷的爆珠
爆裂於公園塞滿薰衣草的舌頭，
而那些紛飛螟蛾的音節
企圖再造薩拉森人²的歷史，
把海馬的長髮繫在教堂的風標上，
彷彿這樣它就能扭轉時間
而不是風向，讓帝國的烏雲咬合
波浪遠去的齒輪。即使雨
還未停下，伴隨黑摩托的轟鳴，
它的分貝也被地平線吞咽，
它的句子歇在浪花拍打的欄桿上，
而海鷗無聲地閱讀海報。

——2019.4.25

---

² 　基督教中，泛指地中海和紅海地區的居民。

在新城區

當我們心靈的針尖再次從立交橋
潰爛的肌肉下紉過，這海灘的一隅並未好轉。
貧窮還在那兒，它的學生，
裹著燒焦的棕櫚葉色頭巾的
中年寡婦，蜷坐如一個雨中的謎語，
差點兒被五十歐分[1]解開，幾乎要說出「你不會——
被我吃掉，」而你，斜視的眼光如同
一片口香糖，黏在她下水管道般的結腸裡。

海的無影燈在海面驅散影子，
燈塔將它的手術刀豎起，迎向漩渦的小腹
使遊輪緩慢地，猶如夏加爾的巨嬰
浮現在視野之中。她周圍，黃狗吠叫，
給遠方的拍賣品競價，而風輪草推敲風的口氣
故意拉長巴士的弦外之音，它粗啞，狹窄的喉嚨
緩慢地吐出街道蠕動在我們身後的詩節，
每英尺的地磚都給面積同樣大小的憂傷加覆。

---

[1]　歐分，計量單位。一歐分等於一歐元的百分之一。

尼斯的山脈，用陽光舔著它的齒齦，
而雨狂烈的麻藥鎮定排水廠的神經，
以地中海隼的灰色骨粉填滿帕勒永的河床，
對於那些充滿好奇心的，在煙熏的風中
垂涎油光流溢的街區培根，把教堂的黑焦糖
灑在山丘布丁上的有神論者來說，
簡易房是外省遊民的齲齒，貪婪而必要，
不應該被觀看，按照習俗我們將瞎眼。

———2019.5.2

在皇帝頭像前

當公車的擦音
從街道的尼龍弦上刮過，
風的象牙撥片壓緊紫衫的拇指，
讓每一片葉子，猶如每一個音符，
即使缺乏明晰性，也彼此呼應，
像阿什貝利晚年的悼歌。
這裡不是紐約，但我依然對空氣哀悼，
對長著鴿子頭髮的石像睥睨，
儘管我明知他們眼神善於欺騙，
他們厚實的嘴，緊閉如水泥的大門，
裡面囚禁上萬個悸動的詞。
每一個詞，據每一塊土磚
灰頭土臉的文獻記載，都曾是
我們之間猶太人的一部分。
我的暴君，對它們缺乏統治權，
而我的士兵束手無策，
像琴弦等待手的軍令。
整個城市像一把吉他全副武裝，
擱在想像力的倉庫裡，
它的沉默是某種不必要的債務，
稻草般壓在他們的肩上，

當他們的統治結束，
被愚弄如阿特拉斯。

——2019.5.23

審判

這條被雨綁在公園裡的大街
曾剽竊過海浪的詩句。
無花果樹給它上枷，螞蟻群
盤查黑石的韻腳，猶如海關審查員
遵從慣例，儘管作風依舊，
樂意接受死去蒲桃的賄賂。
石南叢歐化，銀杏講究平仄。
雌雄蜻蜓的雙聲，如蒸汽船異國而來
響徹雲的碼頭，這是它們的權利，
雨的文獻改寫了它的歷史。
蝙蝠穿上學袍準備審判，
狗尾草的證詞，充滿抑揚格，
但風使它的立場搖擺如狗尾。
在松鼠的教義中，語言
並不至高無上，不是上帝。
持有無神論者的信念，
它才在你蹲下拍照時配合你，
帶著憐憫，像陪審團律師。
這裡所有的樹枝都是目擊者，
落葉以它們乾枯的唇舌
大幅報導：天鵝低下頭，

像趾高氣昂的文學官僚
時刻保持謙遜，盤算著
如何假裝遺忘並歌詠我們。

——2019.5.26

穿過黑水鎮[1]

就讓火車沿我們約定的
不斷加長的公里飛馳，
穿過黑水鎮，和那永不到來的
流星，讓我們一去不返
如難解的問題，超越風
從對一棵樹的樸素感情中
爆發的悲哀，而相似的
來自帕丁頓車站，那個臥軌者的
決心，當他合上書，關掉
夏天的皂莢樹吊燈，

就讓蝙蝠打開夜色可樂罐。
就讓火車繼續飛馳。保質期
如彗星般到來，似乎很遙遠，
可新聞說，這些日子一定要小心，
它在我們來之前就埋伏好了，
猶如海面的浮標。另外某些時候，
你總能看見變局扭轉著舵，

---

[1]　Blackwater，倫敦附近的小鎮。

鐵軌接踵而至，給飛散的海浪上枷，
儘管當事人並不同意，可能如評論者

所說，歷史對變化的記錄
比歷史書更恍惚不定，
雖然雨一度安靜得像它從未
下落，如風鈴巧妙地
取悅著風以使它附著其中。
就讓火車穿過這些一小撮雲影
就能迷惑的城市，這些月臺
上一次像潮水般湧來的時候，
你睡在哪兒？當浪花準備
和長有旗杆般雙腳的白鷺競賽，
報站員，臉疲憊如同一個破音，

而靈魂迫不及待地
掩飾，趁律令還未失效，
徒勞指揮著這場雨。
那尼龍的，地平線般
綿延不絕的音調，有的時候
這幾乎讓夜色不再甜蜜，

或者說，讓你的大腦海水失去
褶皺如熨平床單。就讓火車
把這兒當做它的終點，我猜你知道
問題的答案，於是給這場雨
塗滿狂亂的符號。我已不能要求更多。

——2019.6.1

在碼頭區

六月，烏雲的禿鷲緊盯著
這座城市的河道下水瀉出的部分。
雨伸長脖子的垂涎，讓新刷過漆的
異國小帆船不由得感到噁心。
在橙色貝雷帽的沉默中，海浪
槌頭般敲擊海平線，弄彎它的兩頭
以將其維持在望遠鏡的轄域裡。
有些日子足以說明，島嶼的圖紙作廢了。
一群鷗鳥用它們飽蘸的，鋼筆尖般的
喙記錄隨沙沖散的事物，其中
仍然保持完整的，如蟹殼蠻橫而對稱。
但你時常懷疑，生活並不缺少
浪費的激情所賦予我們的權利。
夢難以把握，就像小數點的後幾位，
雨的輸入法繾綣船塢鍵盤，
企圖僅靠一根雨絲，就把港口
和它的過去連在一起。
而那些孤零零的，決心翻閱
大海文獻，以給你虛構的未來遠景
做出注釋的黑嘴鷗，知道自己

其實不存在於時間中，而是
相反地贅述了時間。

──2019.6.15

教堂音樂會

一陣陣溫柔的風吹拂
我們微妙的感覺，[1]但是空氣裡
什麼味道都不存在。
在雨漸歇之際，車燈輕鬆的，
彷彿預備好應對一切的口吻
放走了時間，說慈善家的客氣話，
時而面色陰沉。我右側的小女孩，
掰櫻桃的普理查德女士，
坐在她母親腿上，叫聲像埋怨亡靈，
當學生慌亂地走上臺看著我們，
彈奏《魔鬼圓舞曲》，一種末日論的
老邁的筆調正在他手上速寫。
以幾乎相同的速度，在你掃視過
周圍的大理石，和那把全新的，
柄如鼬鼠尾，長有白色條紋的黑傘邊
在和聲中飄搖的聖母像後，
我們確信，這座教堂還算年輕，

---

[1] 威廉‧莎士比亞《麥克白》（臺灣譯作《馬克白》）第一幕第六場，鄧肯：「一陣陣溫柔的和風吹拂我們微妙的感覺。」朱生豪譯。

而門口的杜賓犬意猶未盡，
像是衝我們嚷嚷「禁止離開」。[2]

——2019.8.5

---

[2]　希臘神話中，看守冥界的刻耳柏洛斯只允許死者的靈魂進入，但禁止任何人和靈魂
　　離開。

諾頓行

There they were as our guests, accepted and accepting.
——T.S. Eliot, "Burnt Norton."

當大巴車一路掙脫在它窗玻璃上
拚命敲打的，如同囚犯們
有人探視時伸出的瘋狂的，怨氣深重的
胳膊似的黑樹枝，我們終於喘口氣，
以為回歸生活，不再與我們身邊的
不知是人是鬼的陰影為伍。下坡，
溪水般流過岩石，像一群鮭魚遊過
被壓得咯咯響的馬糞，陽光下燃燒的牛圈，
和皺著眉，身陷囹圄的黑教堂，
嬰兒的鐘聲，從裡面向外驚叫
像是讓我們原路返回。據司機說，
按照往年的慣例，在山腳，
我們會感到自由。[1]因此不要怕，
讓主持人的美國口音，彷彿無家可歸者
敲開莊園的大門，我們
像一群胸前戴白花的，熟稔

---

[1]　T.S.艾略特，"The Waste Land": In the mountains, there you feel free.

如何表達悲哀的掃墓人，在雨中
蘑菇般發黴。而我，像一個賽後
大汗淋漓，自知徒勞的運動員，
倚著燒焦墳場般的泳池
旁邊的月桂樹，幾乎無能為力地
與它融為一體，直到我的焦渴
在陽光變幻的水中得到緩解，
並不安分地，在水粼粼的探視中
通過折斷的樹枝發出回音。

——2019.8.13

搬家

——贈西啞

再也不會睡在相同的地方，
擁有角度相同的風景，和鄰居，
連室內牆壁的白色也不會相同，
但這遠非旅行。即使去海邊，
或者城堡周圍，也用不著
憑意志拋下所有，從一座城市
和自己的咳嗽飛到另一座城市，
並試著接納新的交通規則，道路，
和以前幾乎被你視作野蠻的
凌駕另一種語言之上的語氣。

搬家用不著這樣枉費心力，
沒有什麼東西跟蹤你[1]，那些雜物
全都沒意願進入你的生命，
儘管你曾經對它們消耗激情。
別去翻那本已然殘破，像老奧登
溝渠縱橫的臉的詩選，也不用
收起它旁邊，摺下農活的印表機，
鯨魚似的嘴張著，像波士頓

---

[1]　康斯坦蒂諾斯‧卡瓦菲斯〈城市〉：這個城市會永遠跟蹤你。黃燦然譯。

退休的觀鯨船栓在碼頭上
疲憊而無所事事。每次我去海邊，

像跛腳的海鷗，水蚊子般大小，
趔趄在風暴中，我都感到某種
在體內鐵索般作響的
同樣的疲憊，也許帶著懷疑，
將自身置於風浪的中心，
如同碼頭清潔工，隨時準備
彎腰撇清大海的白色浮沫。
我知道，下次冒雨出門的時候
如果我什麼都不會帶走，
這就相當於說，我沒有完成工作，
待在原地，等沒人注意我會搬去火星。

——2019.8.31

修補

夏天至此完工，雨的
石灰在街道上耗盡。時間的積水
被疾馳而過的汽車濺起，
給樺樹林的棚戶區中，灰椋鳥剝落的
牆皮所揭露的真相上漆。
當櫟樹的粗砂紙把泰晤士河
當當作響的鞋跟磨得閃亮，
我們小心地移動雙腳，像鞋匠
快速把皮子和裡子釘在一起，
欲圖使兩個自我合一。很多事情
沒有縫補，鬆弛像尼龍搭扣，
但更多的則渾圓如鉛彈，
或者像童年擊出去的壁球，
往返在成年後的巨大白牆
和為了迎合，疲於奔命的我之間。
有些時候，鞋如蝙蝠般
振盪出回聲，不是測定距離，
而是出於彌補一種盲見，
我轉身，以便不用再知道，
那與我僅僅一牆之隔的是什麼。

——2019.9.15

馬[1]

懸吊在空中
如弓，穿越
它地平線似的哭喊。
意志之死，用光芒
拉彎這躍動前進
的軀體，然後鞭打。

——2019.9.18

[1]　本詩以邱吉爾莊園某個房間裡曾懸掛的戰馬標本為題。

搬家・其二

晚飯後，初秋的濕手巾
還被英格蘭中年的風緊攥著。
雨在眼前飄落，像是合同上面
房屋仲介的落款慢條斯理。
有時搬家就像把自己詞語般
放進一首新詩的繁文縟節裡，
讓原義和引申義的激素保持平衡。
我的創造力，像天然氣
幾乎肉眼可見地縮成一小團，
最後消失在廚房髒灰色的，
那匹胎盤似的小灶臺上。
我的思想食物般變冷，
我饑餓的眼睛像被驅逐的
選民，看見卻無力改變
今年樹葉的真理又被一頁頁撕毀。
很難說這是最好的選擇，
但是總好過生活像時針
永遠圍繞一個軸轉來轉去，
像黃昏總是把蝙蝠群的
黑魔方扭得吱吱作響。
有時我確信搬家的好處是，

當我的百分之一走在大街上，
剩下的都會住在這裡，
即使它們還未被拼成任何完整的一面。

——2019.9.30

書店

一家新裝修的書店
和它櫥窗展示的全部知識
都困在雨中。
像一個港口和所有船隻困在
風暴前的寂靜裡。

我和我的全部過去
則困於關於這種寂靜的知識
修繕完工的構造中。
像泰坦尼克號¹船艙，
展覽品很多，在逃難時
卻很難找到出口。

但我的現在是一個長方形鐵盒，
像是乘載我的大巴
禁止攜帶食品和熱飲，
讓我扔下所有的書上路。

————————————————
¹ 臺灣譯作「鐵達尼號」。

有時車窗裡只剩我們兩個，
儘管對對方一無所知，
也互相緊挨著，
並常常為此感到驚訝。

——2019.10.12

粉紅琵鷺

在長滿波紋蕁麻的

磚灰色的水面上，

有時，能看見一大群琵鷺

彷彿建築工，膽怯地，

用水泥般的喙，呈半張開狀

如兩葉褪色的君子蘭，

在微風中遲疑，正逢霜降，其呼氣線條

猶如金銀花絲卷而下垂，

對著水面自憐，但事實上，其意志

並不曾衰敗於自我的形象──

如果仔細看，它漆槍般的頭

緊緊地扭製，那股從舒展的，黝黑

如同黑樹枝的爪趾末梢，劈開冬天寒流

盤旋而上的櫻花紅！

而這整晚倦於激情的

半吊子藝術家，冷漠地

躲開紅樹林矛兵的視線。

它們密不透風的氣根

猶如鎖子甲，抵抗著行軍蟹

在深綠色的水中鏽蝕；

漣漪的鐵絲網呼呼作響，
和集中營撞擊的聲浪四濺。
諸如古埃及磚上的鳥類
所思考的，有關永恆的時間問題，
或者保羅利科的畫中，
那隻頭髮亂糟糟，準備好
承受一切的新天使，
則與它們意志所能承受的
指示物無關。和大多數鳥不同，
它們不歌唱，也不會
創造任何事物，儘管
「驚奇作為第一種
最基本的激情」，已經
讓它們習以為常，
並且覺得完全滿足了我們。

——2019.11.10

截句

一

在奧爾本公墓，
我們看到
鳥群一下子越過死亡的護欄

二

雨落在你的臉上
鷹落在樹枝上

三

與大海的倒影相比，我的陰影並沒有開端

四

死去的人們不知道，
活著的人們不知道，
深淵有另一個名字：
我們陌生地交往

五

在小花園，
狂風打開隱祕之信，這一刻
天空比大地更黑暗

六

我要粉碎詩的秩序
你的秩序卻在粉碎我

七

此刻我是巨人像。
黑色島嶼，風從四方聚攏。
遠方的消息在我耳邊探險。
我假裝不動？我要言說什麼？

八

另一些時刻我變成門把手。
某種力量抓住我，但無濟於事

九

使柚子發亮的祕密之眼——
時鐘的玩偶。

採摘吧，
地獄皮球的聲音——
讓蝴蝶尋覓它，頭

十

那些歡呼的，勺子的頭腦，
那用鏟子飛翔的嘗試

十一

告示欄的死神，
一張張靈魂緊緊貼在它臉上

十二

遞給我
黑色樹枝──
我們夢見它
我們說出它

十三

我夢見一扇窗，
它和墓園的風交談著

十四

每個早晨，
眼睛惺忪，有時我向你吐露風中的王國，
而窗外兩隻布穀鳥等待著

──改於2019.11.12

大英博物館

大巴的灰色嗅覺摸索著經過黑靈頓[1]，
其中的過渡點——很可能也被其他人
誤認做旅途的終點，我幾次錯誤地醒來，
像漫不經心的讀者翻開新的紙頁。
光的氣味飄過你的臉，以完成一次快速的提喻，
街道的臭鼬在同樣風格的天空下
擺弄公寓的郊區風度。週末我們緩過神，
在大英博物館，兩次回到原點，
看見我們追逐的，那些原始的
被種族隔離的方形玻璃放大恐懼
而敲擊叫喊聲的光柱的人偶，
在非洲皂石和埃及陶罐上的海浪
波紋間做出選擇。我的頭腦，
雖然錯過了最佳機會，也隨鐘錶那明亮的
模仿某種正發生在我們身上的
運動的金屬球打轉——這麼多長久的事物！
但值得愛的又太少。在它周圍，
小懷錶像我一樣，把時間的蠟質
塗在世界地圖平滑的紙層，

---

[1]　臺灣譯作「威靈頓」。

讓鯡魚般的名詞穿過腓尼基人殘破的，
如今已經被散文光譜修復的帆弦，
放任它們在和風中低語。儘管問題依然存在，
但作為一切次要感覺的起點，
在最初離開征服者的心靈，
把每個清晨的視線拉低到目光的門檻後，
這些耷拉著翅膀的，對知識毫無興趣
卻又趔趄地在門口覓食的海鷗，
就算被我們長時間觀看，至少也是自由的。

——2019.12.12

克里特島

沒有來由，並且不憐憫

那些在陽光下發燒的苦楝樹，

在巴洛斯海灘，狂熱的，帶著船夫

琵琶蝦色汗漬和黑橄欖氣味的風，

給每一根發瘧子的葉管注滿鳥鳴。

我們沿海濱散步，聽見外來口音的瘟疫

在這座城市蔓延，流在它打火石般挺立的鐘樓，

方格布旅館，以及黏膩如糖的防波堤上，

並打濕薄如木漿煙紙的鳶尾叢，它們身後

獨木舟漂在水面像一截煙頭。

其間泛滓的火星，猶如公牛的後裔，

而閃光的，牡蠣殼似的石子，

把對知識的恐懼藏在灰鷺的彎刀中，

眼看它們磨成細沙，並逐漸散去。

這些愛是你渴望的，現在已不可實現。

儘管它們來自不同國度，在腳下

嘎吱如冰雹，把感覺的風險輪胎般繃緊。

在克里特島，大巴的聲調

海浪般在我們耳底輕聲呵斥，

而你陰沉的臉色正碾過這些石頭。

——2020.1.28

思念

這些天雨大得彷彿
能將日子的牢籠沖毀。
思念像馬戲團的野獸退場，
踮腳穿過它尖酸而不熟悉的客廳。
出於對暖氣的蒼白臉色以及
其合乎禮儀地放棄熱情的尊重，
冬天即將過去，但電燈泡的噴嚏
幾乎再次讓周圍的事物變暗。
在比你更好理解的事實中，車站
如一片雪花一樣站立，在兩座小山間
把車窗的風度，灑在河流縱橫的，
標記馬場與積雨雲灰色心碎的地圖冊上。
那些母馬低著頭，憑記憶的雷聲打起響鼻。
兩個月以來，遺忘朝這片土地逼近，
就像一個標注事宜的日期，
帶著考古學家的謹慎，把過去分存在小方格裡。
在對臥室被陰冷天氣吞沒的灰牆，
以及其白如海浪的窗簾桿
索取你似乎顛撲不破的知識後，
過堂風站在門口，如同理直氣壯的
房東聲稱，我們準備好失去的

比已經失去的更多，像水電費帳單。
和圓珠筆滔滔不絕的彈簧類似，
窗外的雨下了很久，但是仍無法
與它承認愛過的事物押韻，它說過的話
如幽靈掀翻腳下的泥塊，讓螞蟻暴動，
讓薄荷草衰敗的氣味清洗你周身，但並不認同。

——2020.3.10

疫時‧其一

有一次，在夜晚，我從我們
聊過的那條小路回家，
橫跨兩條街，四周是宿舍區
心不在焉的黑鐵柵欄。教導處
被雨教導著。但草叢深處，
幾隻蒼蠅聒噪的嘶鳴中，
某種抗拒還在繼續，
像停車場的雨刷對擋風
玻璃的憎恨如愛搖擺，
最終不再動搖立場，
雖然這並不是什麼好事。
火車從樹林後面呼嘯而過，
並不留戀任何白楊樹，
但此外再沒有別的遠去；
彷彿我腳下有某種東西
將它們和你牢牢抓住，
用來掩飾事情的真相，
深埋在泥土中，使石頭愕然。
它們的建築崩塌了，
但汗水浸透的歲月還在，

在狂風中嘆息，並遙遠地
聽心被鐵軌的轟隆聲敲打。

——2020.4.12

疫時・其二

那些已經理解畏懼的小人物
如今也試圖理解我們。同樣卑微，
同樣惶惶不安，像兩支軍隊
互相遞交協議和冷漠。當我們的隊伍
通過海關，體溫槍的悔恨
也不放過我們中間任何一個，
像巡邏犬對著靈魂的狂熱分子狂嗅。
下頜牢固猶如槍托，上顎如膛線，
擔心語言的子彈隨時可以
把冷汗浸透的黑土塊般的心擊碎；
再次檢測，填表，可疑者被挖走
如同蟲卵；他們必須確認一切無誤，
直到錯誤無法再讓他們失望。
走出行李大廳，我在他們眼皮底下
提好大氣不敢喘的旅行箱，
離開轉運區，不知道命運是否轉變。
我的心開始像救護車一樣追蹤我，
我的身體什麼都感覺不到；
像是這世界的一塊空地，網球場大小，
彷彿天使和魔鬼都沒有來過。
他們簡易棚般質樸，易碎的愛

被雨漫長的勞累沖洗著。
而他們的希望是很多只
被擊出去的網球，有的
已經越過網狀死亡的阻攔，
有的瞬間落地，或者等待被擊回。

──2020.3.28

疫時・其三

為了讓光禿的，毛孔粗大的牆皮看上去
不對陽光感到厭倦，我把
我影子的深情從它額頭上挪開，
像搬動石塊，讓底下那些黝黑的螞蟻
剝落如怨恨的碎屑。當雨輕易地
把那塊兒戴在更年期天空臉上
劣質口罩似的烏雲摘掉，無人機的話語
開始對草坪指指點點，給愴然的風信子
邊緣幾隻蒼蠅的頭顱蒙上真理，
如同阿拉伯頭巾。後者意味著不自由，
也意味著羊為尋找烤爐而興奮[1]，
同樣地，我將因為厭倦這個
從來不會依靠想像生存的國度
和它的奶油麥片，而信誓旦旦地吞掉
你離開後的空氣。對於任何蜜蜂，
花粉都只是外交辭令，而腫脹如樹莓的
淤紅的拇指則替它們的死去
消解了時間的意圖。或許還有希望，
但這並非希望所願，或許像任何年輕女孩

---

[1]　約瑟夫・布羅茨基〈悲劇肖像〉：一隻羊為尋找烤爐而興奮。金重譯。

希望不經意間俘獲一個男人，
或者很多個，許多種未來朝我們移動，
模仿鯊魚鰭的全部風格，
而其消隱的龐然大物潛伏在
記憶的水下。你自以為知道它，
就像知道愛，但被襲擊時，
卻幾乎從未看清它的全部形狀。

──2020.4.4

疫時・其四

海水被困在浪尖上，
命運像碼頭一樣受潮，
看來來往往的貨輪進出。
裝卸，搬運愛和恨，
詩像關稅一樣被繳納，
以補償我作為次要公民
對我頭腦的國家未盡的義務。
它的國境線漫長如等待，
而人口稀少如愛情。
那裡每個人都忙於實驗室
和博物館的工作，
當許多歲月透過顯微鏡，
證實了一顆入侵他們身體的心
怎樣分裂成兩個，
單數的孤獨也不會
隨著複數的婚姻變多。
那裡群山變得沉默了，
河水像舌頭一樣打結；
而真理的病毒也在變異，
被年輕人和老人恐懼。
正當壯年之人卻最為不幸，

就像家務事難分對錯；
靈魂的外套從他們身上脫落，
而他們顫抖的智慧膽怯
猶如一個學者，為了生計
枉顧不幸的事實，
眼看白紙的城鎮遍遭屠殺，
而黑色居民區毀於大火。

──2020.4.25

疫時・其五

測風儀逐漸停止，一陣風
在柔和的衰退中斂息，
凝視它的生命之輪變慢。
潮水馬戲團已經退場，
一座島嶼騎在地平線的鋼絲上，
但沒有船歡呼。我們驅車回家，
像水手返回伊薩卡，聽軍艦鳥碾碎的浪沫
傳來封城的消息。幾個星期猶如海鷗
沿著我的記憶海岸盤旋，
當瘟疫的暴雨將它們翻轉如真理。
以政治家的嫻熟，一座海灣
隱藏在心之地圖的一隅，
如角蜥的舌頭彈出，黏住祖國和沙漠蝗蟲。
而深入腹地後，一條盤山公路
盤算蜿蜒測量死亡的腰圍，
以至於月亮最終下沉了。
侏羅紀的雲緊握這冰河期的蛋，
看它被海浪輕易地啄破。
而出於對同樣風格的憐憫，
在沸騰的，平底鍋似的開闊地，
生命不斷被地平線的大理石桌沿打垮。

這兒冬天雪的悲哀像鹽一樣
撒落整片街區，醫院是燒完的碳
看著炙肉在雪花中變冷。
昨天就像某個熟人死去，
越來越多，卻不能使我們傷心。

────2020.4.17

疫時・其六

在倫敦東區，或在別的地方，
這些河流像世界線一樣匯合分離，
從過去流向未來。入海口整理它們，
如同整理自身的歲月，
日出月落，像跳傘運動員
躍入你無法容忍完整性的拼圖。
海鷗正為它找回失去的那部分，
使天使們的音步變得輕盈了。
這些詞的方糖，哪怕只是一小塊，
就足以讓她們手裡的咖啡變甜，
雖然不比別的生活更黑。
這故事就像去年，我在小巷追到你，
每個遊客的四面來風研讀
飯店玻璃門的自傳。雨輕呷走廊，
把昨天與盡頭裝訂在一起，
讓外來語變暗。但既不是本地人
也不是外地人讓港口心煩。
即使本世紀的開始，在你看來
是一種無味的可疑貨物，
被巡邏犬狂嗅。大廳深處，

全力噴出苦難的水龍頭[1]
如今被思念堵塞。但在地下，
那些船舶的特洛伊風格，
和他們躺在一起，築起高牆，
遠離那個不是家的地方。
那兒你曾經嘗試接近另外
一些對你不抱希望的東西，
現在卻不再有厭倦可言。

──2020.5.25

---

[1]　德里克·沃爾科特〈瑪麗亞·茨維塔耶娃〉：塞住的水管，突然用全力噴出所有的苦難。潘睿譯。

疫時・其七

忘記這時節，當雨來臨，
等雷和烏雲的心靈之戰結束後落下，
密集如同這個月房屋帳單的價格
對著窗猛敲；忘記混凝土面無表情，
但猶如冰冷的感情不致分離肢解，
因為更沉重的日子像鋼筋穿梭其中，
並憑思想粉飾的蒼白，讓它看上去煥然一新；
忘記我們如此遙遠，像吉他的兩根弦無法
交互，但經常一起撥響；忘記筆帽
和它套住的靈感，後者像駑馬一樣發狂
在本世紀的四輪馬車前跺腳；忘記你的國家
壞蛋喜歡讀詩，傻瓜喜歡讀散文，
因此大多數人既不壞又不聰明；
忘記預言得到驗證的部分，以及歇後語的後半句，
它們並不比另一半更接近真理
至少在目的層面；忘記你的貓不在乎你；
忘記數學無法理解的事物，
就像忘記數學必然能理解的事物；
忘記哀悼者永遠少於旁觀者，
雖然這樣更好；忘記生命結束了，

但正在試圖成為另外的東西，
而它們好像從來沒有做到過。

——2020.5.4

疫時・其八

我再次走進沃德姆學院[1]，
穿過傳達室，跟門衛打招呼，
門口碎石零零落落，
彷彿揭示某種秩序被
從石質的中心摧毀了。
但生活仍然完整，如同一座磚房，
雖然裡面什麼都沒有。
偶爾有遊客冒失闖入，
像踉蹌跌入把外部世界造成的
恐慌蠶食殆盡的氛圍中；
在失去這種保護之後，馬上逃離，
假裝在酒吧的長椅嘆氣。
而風像把生命的枯燥重新
吹入椅座的裂縫，讓螺母的不安加深，
使其本來要承受生命之重的
結構變形了，不像任何帕特農神廟[2]
如教科書讓眼球忍受折磨，
並使真理被不感興趣的手磨損。
它意味著時光已逝，被眼睛

---

[1]　Wadham College，建於1610年，是牛津大學的學院之一。
[2]　臺灣譯作「帕德嫩神廟」。

刮痧的書頁對臺燈折腰，
掩去作為苦悶標記的一角。
但那些詞將被保存，
比我們活得更長，當然
由於紙比石頭易碎，
也更容易忘記發生過什麼。

——2020.6.1

海口站

滑輪尖叫如老鼠，行李箱
被藍色手套推搡著向前，
遠離你已經不在的候車區。
在充滿最後時刻的大廳裡，
人群騷動如煙，很快就散去，
因此證據似乎變得更少了。
幾個穿制服的人小跑著走來，
但就像什麼都沒發生過，
警告我「下次最好不要攜帶，
它很危險，」卻心不在焉。
同一天，我們彷彿已到達
地圖中出現的第一座海灣，
踏上隨海浪顫動的膠囊小道，
頭感到眩暈，有幾次差點摔倒。
這差不多是最後一次了，
風在我們中間保持平衡，
隨船和潮水的緊握和推開
咬定目的，像每天往返
在兩個世界之間的船員，

並非樂此不疲，等我來遲，
清點人數，直到確認無疑。

──2020.7.30

淮海路

冬日，再次回到公寓的床頭，
我的手腳冰涼，舌頭僵直，
像立櫃一樣豎在原地，
記憶如同舊衣服掛在裡面，
等待房東清空，但一直沒有來。
思念像靠枕伴我入睡，
讓頭深陷其中，而離身體很遙遠。
彷彿後者處在不同的城市，
罷工者湧向街頭，雨靴的擁擠
曾經使我的腳跟疼痛。
如今我再次走在淮海路，
手錶提醒我時間遠去，
但幾塊地磚通過其不再
嚴絲合縫的郊區風格，
接受時間在每個空間中的缺席。
我知道問題的關鍵所在，
猶如一句格言瞭解事實上
什麼都沒有應驗的生活；
我感到生命流逝，

像我的詞語從牆上剝落，
有時別人又把它們重新寫上去。

──2020.8.11

黑魚

傍晚我們發現它死去了。
一艘失事的船，在狂風天
無目的地丟失它的殘骸。
對於大海而言這微不足道，
我們的目光像海鷗盤旋其上，
很快就解散。我們哀嘆道，
那些原本維繫它生命的東西
現在填滿了它，使腹部鼓起
如一張真正的帆，在它死去之後。
現在玻璃外沒有任何事物
再使其不明智的眼球轉動，
以得知那毫無智慧的愛的來源。
在北波士頓，這些沒來得及發生
但是似乎確定無疑的事情
如何使廣場的示威者感到不安，
當舷窗外的黃昏拚命變腫，
然後變黑，彷彿燒爐的煤
隨著查爾斯河的漸凍症冷卻？
剛釣上來時它腥味撲鼻，
就像某種突然的、並非我們

內心原來意識到的感情，
而我們知道這只是暫時的。

──2020.10.5

灰鷺

不止一次，我們看到
灰鷺匆忙閃過天空，
用它們電弧似的喙
不動聲色地切割綠色的水面，
讓橋的倒影加深。波浪
的黑色力量在水的
體內聚積，像魚群被
某種驚懼驅趕在一起。
那些我們看不見的東西
是它們想要的。黑礦石中
被風的感覺威懾的一群，
完全來自外部：像我們
一樣不知所措，像
養殖場待屠宰的牲口，
在污泥黑得發硬的
草棚下衝撞。眼球
彷彿好幾個晚上沒合眼，
被超出自身智慧的
野蠻的知識擺弄。
隨後是自知無法解救，
那被誤認為是狂喜的

足夠穿透陰鬱空氣的下頜
比我們預想得更快，
讓肉煤煙似的翻滾，
在細長的、火鉗似的舌頭上。
對自己的處境心裡有數，
可對我們世界的崩潰
完全不感興趣；
我們消失，進入
雲霧蒸蔚的樹林，它們中
不會有人類學家知道我們在哪裡。

——2020.12.31

褶皺
——贈蔣浩

「我們總保留著我們來處的特徵」
——瑪麗安・摩爾

非個人的，非歷史的，
非東方主義的，到頭來，
這一切並非我們所願。在海口，
一棵樹為獨木舟的形狀心碎，
一艘船慊慊地從遠方歸來，
傾瀉著昔日滿載乘客的歡樂。
整個夏天，潮水都全力挽回
本來觸手可及的事物，最後
什麼也抓不住，包括
它自己盡可能伸展的一部分。
只有鵝卵石歷數激情磨盡的時辰，
而對尚未開始的毫不在意。
就未來的可靠性而言，一首詩
並不比天氣預報準確更多，
其中精心設計的褶皺
也經常可能少於一張床單。
後者有時是天使，考慮到
其習慣接納疲憊靈魂的特徵；

但更多時候像空頭檔，

愛的協議被書寫，卻從未生效。

當然也就不存在有效日期。

每次我獨自返回旅館，

雨正飄落，在未來的不遠處，

而未來似乎厭倦了雨水的本地口音，

讓它說出的事物逐漸模糊，

像窗後的眼睛，像鐘錶停擺了，

但錶針叉開腿，如同妓女。

明天[1]準時到來，但不會因為愛。

——2021.2.25

---

[1]　主語。

黑眼圈

黑眼圈已有數月，
就像對某個問題的探索
一點點加深，但尚未觸及核心。
我們思考這件事已經很多天，
像窗外的天空忽晴忽暗，
幾乎完全超出感情中
一架可靠儀器的預報。
雲的齒輪出奇地相互吻合，
但過一會兒就四面潰散，
似乎表明它們的默契
還沒到我們之間默契的程度。
後者只保存了幾星期，
每天像桶裝水越來越少，
但足以維持健康生活
所需的寡淡無味，在這方面
它酷似記憶；以及其中
努力讓輪廓保持清晰的事物。
同樣通過這種方式，未來
也在悄悄變瘦，它已經
不再適合我們為其量身
訂做的誓言的外套，

也不再穿得上如果的鞋；
而是像你在客廳光著腳，
用來自地磚表面的冷事實
接納雨從遠方港口
帶來的斷斷續續的談吐。
一艘船像一個句子一樣出發，
從打字機似的細雨中；
它的思想是風，因為靈魂
和靈魂的壓力永遠不會相等。

——2021.4.9

魔鬼

在我們身邊，魔鬼有它明確的對象，
不會在達官貴人的客廳裡
對出自拙劣畫匠之手的肖像
有片刻停留。也不會輕率地
覬覦窮人貪婪的意念，
跟隨他們回家，但沉默不語，
用掰開一塊錢的力量
把一張臉掰成喜悅和悲傷的兩半；
孩子像膠水一樣黏合它們，
但不經常。

在我們身邊，魔鬼有它
充分的理由成為可能發生的
任何事情的原由，
但是此外有很多的事情
沒有原因。如同訓練草地上，
網球就像老去的人的
願望挨個落空。而在網的那邊，
是多年以前的另一個人，
他的人生像推車裝滿了網球；

那些最早放進去的
直到最後才會取出來。

在我們身邊，魔鬼也會需要
我們的幫助來獲得如何
毀滅這個世界的知識，
於是到歲數了我們就結婚，
愛一個人的同時會愛很多人，
但愛一種真理就不會再愛其他真理；
魔鬼沒有護照，沒法用兩種語言
進行表面的友好交談，
和背地裡的閒言碎語；
沒有信用卡證明自己可信，
如同沒有魔鬼卡證明自己才是魔鬼。

有時我們也需要魔鬼幫忙
來犯下該犯的錯誤，每犯一次，
就是把自己切下一小塊，
好讓剩下的部分看起來
像是某種全新的東西。

——2021.5.7

備課

好奇的眼睛期待拜訪我，
可我並不期待。每日每夜，
我像看門人守著我頭腦的房子，
一座通向所有道路的公寓，

但始終在郊區。在雨中，一條知道
如何哀嘆的小路把門衛外面
一片知道如何遺忘的墓地
劃成公共和私人的兩部分。
很顯然，有些遺忘應該私下發生，
儘管出於營利的目的，
不得不分時段對外開放。

對他們來說，墓地是一座博物館，
裡面陳列著死去的人。
而我的身體也是博物館，
我的靈魂是所有房間中
唯一的空房間，牆是新刷的漆。

可有時我夢見門外站滿了人。

——2021.5.28

一位女士的畫像

眼鏡薄如簧片，眼球滴溜轉
彷彿能發出樂音，在她的瞳孔後面，
一個身穿燕尾服的業餘的靈魂
在她大腦的劇場裡跑調了。
理性指揮失誤，感覺沒配合，
儘管排練了很長時間。
從出生到現在，樂譜早已丟失。
愛是它們第一次演出，
但演得一塌糊塗。接著，
青春的贊助商從她的身體中撤資，
以至於年華的股市崩潰了。
她是父母的紐約，丈夫的倫敦，
曾經是情人們的巴黎，
現在只是自我的郊區。
所有列車都不再經過這裡，
智慧如同廢棄的車站，
很久沒有使用，建造它的花費
現在看來都打水漂了。
詩是她的籌碼，可直到最近
都沒人告訴她賭錯了，
那點才華賠得分文不剩，

像頭髮日漸稀疏，像外地客人
光顧的次數越來越少。
命運是她的理髮師，也是我的，
很善於誤會我們的意思，
並且把白布蓋到我們的身體上。
有一天也會蓋到我們頭上。

——2021.7.1

日記本

由於缺乏記憶，這些日子
就像螺絲釘因為年久失修脫落，
並等待適合它們的螺母。
直到它們組裝的巨大機器散架了，
操縱桿被瞎子和聾子把握。
我翻開日記本如同走進一間
丟失的東西比保存的更重要的倉庫，
沒有事物為自己感到難過。
扳手滿地都是，卻無法令時間轉動，
而空間貌似也因為對天氣
和星期的枯燥陳列變得乏味了，
所以才允許這麼多舶來品
以幾乎相同的表情慰問本地灰塵。
彷彿後者並不是為了給生活的
本來面目蒙上陰影而存在，
而是生活本身，通過其漂浮不定
獲得了所依附的物體的形狀，
並且和成為粉末前的那個不一樣。
只在有限的範圍中生效，夢
還是像醫用酒精那樣揮發了，
多少有點刺鼻，但是挺管用，

以至於是誰發明的不重要。
甚至連說明書都不知道
自己的意圖，被隨意揉成團，
扔進箱子打開的身體中，
通過假裝對過去的事情
不動聲色，以模仿一個大腦。

——2021.7.23

中途

夜晚，風碾得海浪嘎吱作響，
如同巨大的轉盤。漁船的稻穀向四周迸濺。
我們在船艙裡睡覺。雷聲陣陣，
就像一頭圍著我們轉的動物的喘息。
半空中緊扼它的鐵鏈，使周圍的群山嘶啦響，
像暗室內澆冷水的通紅的鑄模。
某種新事物在其中形成了，但和我們渴望的不一樣。

——2021.8.2

傘

接著，迎風鼓起，拉開，
像在槍林彈雨下拉栓，
傘柄脆如幼年的蘆葦桿
被雨的嘆氣折斷；與此同時，
就連末端箍緊的手也感到，
那中間聚攏傘骨的力量崩散了。
我們像逃離編制的士兵，
腳凍得發青，回到最開始的
生活的速度似乎變得更慢，
但也不敢抱怨什麼，擔心
公車已經過站。當雨聲漸歇，
我們都得低下頭，瞇縫著眼
彷彿承認戰爭失敗，在人群中
觀察好一陣，以為摸清了線索，
沿著你離開時的小路飛奔。
我不知道這一切再也不會有了。
除了如今的那些輪胎依然

懂得如何濺濕褲腿，除了那傘
就像那顆心當風把它猛地吹開。[1]

——2021.9.6

---

[1] 謝默斯·希尼〈附筆〉：趁著那顆心毫無提防把它猛地吹開。黃燦然譯。

假期2021

假期逐漸變得不可多得。
廚房充滿清潔劑的味道，
說明某類事物的痕跡已經抹去了。
我們走到社會咖啡館¹門口，
沒有人願意談論社會問題。
公園裡樹葉還沒有飄落的意思，
但那些起初對你好的人正在變壞，
令周圍的空氣感到難聞。思念來自
我們還沒付給他們份子錢的人，
像考古發現，損失都標注了日期，
但看上去完好無損的卻沒有。
計程車的錶依舊快過搶救時間。
對過去事情的懷念像存款一樣花光了，
在一次對感情缺乏理性的消費中，
在未來生活的自動售貨機面前。
我的生命像紙幣被塞進去，
我的詞語，卻像零錢一樣被找回。

——2021.9.14

---

¹　Society Café，牛津市中心的咖啡館。

中秋

今夜月光照在我的臉上，
就像你的目光做過的那樣。
我站在窗前，手倚著欄杆；
飄蕩的衣櫃氣味讓我思念
你的內衣，而揮發的消毒水
又使我過敏。過了這麼多年，
搬到新家也仍然隱約可嗅。
從前我的心就像行李箱塞滿
對我來說並不真正重要的事物，
由於超重，數次向魔鬼交費；
隨意被不知道是誰的人搬出來，
聲稱裡面有危險物品。後來
它彷彿名片走到哪都準備著，
卻從來沒有對熟悉的人展示過；
和別人交換之後就不再聯繫。
現在，它被用得太久了就像
一臺到處是白色沉澱物的水壺，
自從你走後，每天還會使用，
但要過很長時間才能發出聲響。

——2021.9.27

去北邊

去沒去過的診所的慌亂
比症狀更折磨我們。描述不清，
就像對某件事情的懺悔
在末日詢問中頓住了。在接待室
和走廊間來回走動，只不過
還是得先交費。這些年過去了，
街道照樣擠滿愚蠢的人們，
但街道不再生氣。夏天消失，
趁通告欄心如止水的時刻。
知道有些話說出來沒用，儘管
你的臉的邊界也同樣萎縮，
那些小物件上都摸不到。當雨
開始責備所有建築的房頂，
怪它們太過刻薄，無法容忍
任何跳樓的人的悲哀，並且
構成衛星地圖的主要特徵，
以至於那些內在的混亂看不清，
我們走到帕丁頓車站。火車
按時駛向新生活，但票價和昨天一樣。
而乘客由於時間太長睡著了。
但我不能睡去，也不能做夢，

也許這樣就不會坐過站。
我估計在通往新生活的路上，
沒有人提醒我們下車，尤其在經濟艙。

——2021.10.21

聖安德魯斯[1]

碼頭只有船，而沒有船夫。
海像房東太太模仿起
石頭的表情，還帶有蘇格蘭口音。
不，更像部門審查員，
從頭到腳打量外地人，
卻沉默寡言，還豎著
懸崖的高領。海灘空蕩蕩，
彷彿以前的事物都被清洗了，
但新的生活沒有到來。
看上去一隻冷風中的灰鷺
就像緊攥筆桿的手，
正對水面的協議猶豫不決，
看波浪擴散到自己意義外的範圍。
這就是為什麼海水
和陸地之間的界限是模糊的；
就是為什麼我們看不見
雨，這幕後的操控者，擅長
鑽入法律的空子並消失。
因此自然的法則

---

[1]　英國城鎮，位於蘇格蘭東海岸。

其實尚未完善，和人為的一樣。
以至於有的城牆今天還在，
有的卻摧毀了，以避免
成為風景區的命運。通常來說，
只有一張照片訴說它們的過去，
因為照片也不知道未來。

——2021.11.20

馬拉松

最好的方面來自：特徵
也許不是最明顯的。兩公里
屬於肉眼的可見範圍，
所以也沒人當回事。一陣
通過口述尋找真相的雨
彷彿來自現場的報導，
但反而讓現場更模糊了。
感受力在附近的草地喪失，
就好像冰山的一小塊
是冰山的全部。我們的船
像狗一樣圍著遇難者，被一根繩子牽引著。
「狗朝生人狂吠」[1]，但實際上
對他們一無所知。生與死和它們無關，
對沒有敵意的身體也不再感興趣。
直到靈魂和身體的合同解除了，
寒霜像紙片被扔在紙簍裡，那身體
隨意地散落在自然的佈局中。
儘管「拳頭緊握著」[2]，以確保
一個緊要關頭的意念能夠

---

[1]　西蒙娜・薇依《赫拉克利特的神》筆記97。吳雅凌譯。
[2]　來自黃河石林馬拉松事件對遇難者的報導。

保持體面地離開。我們從早晨
就一直關注這方面的報導，
還有氣象專欄，帶著愧疚，
像兩個無所事事的船員
從艙門裡往外看。我們的生活
是建造了很久的船，甲板牢固，
燃油還能使用很多年，
但至今停留在港口周圍。
不知道誰是最後離開它的人。

──2021.12.23

牛津公園散步[1]

當一場冬日的雨像獨裁者
邊緩慢移動邊以其面無表情
震顫即將把他粉碎的整個世界，
我們渾身僵硬，凍得都說不出話，
只有雙腳勉強在雪地留下字跡，
但很快就什麼都沒了。正是這樣，
一條承受太多生命之重的街道
證明了自己是無產階級，從而
得到指引方向的特權。公園中，
一座橋通過禁止通行的公告
表明永恆的意義。和我們一樣，
它存在的時間越長，就越對
消除事物間的隔閡不感興趣，
但對自身的脆弱越在意。
就差沒有裝上護欄。但毫無疑問，
雨代替了那種鐵絲編織的東西，
像是效仿一種可見的未來，
和它遠看不存在漏洞的表面。
可波紋還是出於安全考慮散開了，

---

[1]　牛津大學公園，The University Park，位於牛津市中心東北。

遠離每個已經掀起波瀾的
事情的中心，隨風安撫著
水面。但我們不是水面，
因此不會接受任何人
俯視的倒影。當然，皺紋
也不會被時間抹平。

──2022.2.1

戰時遊行

標語醒目，口號喊得震天響，
現場的噪音使我們忽略
風雨中飄搖的兩棵樹間
那低垂的悶悶不樂的橫幅。
文字沒有使它不再動搖，
彷彿受難者的胳膊伸開著，
以輕微的顫慄表示自責。
但始終不知道犯了什麼錯。
我們坐在咖啡館門口看著
雨就像子彈的親戚一樣，
在道路的知情同意書上簽字。
不過好像不關我們的事。
一輛黑色計程車停在路口，
就像來自另一個世界的真理，
半天都沒生意可做。這就是
司機們每天面對的新現實，
就連他們都不知道明天
有沒有乘客或要求他們去哪裡。
遠處雷聲代替哀悼者的聲音，
和電影裡一樣，但沒有人喊
「暫停！」，直到閃電的膠捲

就像一個國家的邊界從地圖脫落了。
思念如同無人機在夢中偵察，
但什麼都沒發現。而孤獨像坦克一般，
在夜間穿過心靈的鬧市區，並隨時
準備把對一個人的回憶碾成齏粉。

——2022.3.10

走鋼絲的人

鞋扔在地上，像剛幹完農活回家。
鞋尖和鞋幫都是泥。帽子
倒放著，可帽筒裡分文沒有，
以模仿他的禿頂。在商場門口，
樹葉像頭髮一樣脫落，
從思想乾枯的枝杈。圍觀者變少，
說明他給世界的表演結束了；
但是那些假裝無事發生的人們
意味著世界給他的表演
始終沒有暫停；都沒空去衛生間。
因此相當於沒有臨時避難所。
所以當年老空襲時，他一點辦法沒有，
任由它的跟蹤裝置瞄準，
直到愛的目標被各個摧毀了。
他心靈的政府早就垮臺了；
他身體的各部分都試圖保持平衡，
以模仿他的靈魂，但是沒有用。
他的其中一只腳就像
事故中唯一的倖存者，拚命地
抓緊那根鋼索，在下面

圍觀的人們等待奇跡出現；
而他的另一隻腳像希望一樣落空。

──2022.3.23

彈吉他的人

對於那段旋律他再熟悉不過。
多年來，就像面對一座雕像演奏：
因為命運一點兒都不回應，
還被打磨得冷冰冰。因此
會太多也沒用。歌詞聽不清，
似乎符合他靈魂的某些特徵，
但他靈魂的房間卻不如此。
幾乎由骨頭打造而成，從外面看
其結構基本是清楚的。只是
太簡陋，以至於當地政府
很早就想把它拆除了。看起來，
周圍的時代已經超越了他，
所以他連頭都不抬，不多看
停下來拍照的遊客一眼，
以為這樣他的手就不會按錯。
但他手裡的吉他是新的，
和他的心完全不搭調；
而從臉的疤痕來看，他的血液裡
倘若回盪起金屬的聲音，

絕不會因為音樂，但是
也不一定因為戰爭。

——2022.4.13

賣報紙的人

臉色蒼白，瘦得像一條中縫，
站在人群黑壓壓的兩個版面間。
嘴像徵婚廣告胡言亂語，但實際上
根本沒多少人看。熱浪憤怒的鼻息
正把他頭頂的平原吹得焦黃，
使思想的養殖場倒閉了，這樣
牛馬才出欄，快要踏碎舌頭的籬笆。
這裡不是報紙施展抱負之地，
每天的新聞都是舊語法，只不過
不是為了保存事物的過去，
而是不讓它們腐爛，以避免他遭受
那瘋狂的來自蚊子黨派的圍攻。
他的手在暴烈的空氣中，甩動如牛尾。
但他的激情失業了，穿得像流浪漢，
沒有一家真理的公司願意聘用；
他的愛也開始大規模裁員，
親情最先離他而去，然後是喪偶之虞，
現在對孩子的記憶也模糊不清：
她遠在一個他從未到達過的國家，
甚至從來沒有聽說過。他的夢像經濟艙，

但票已經售罄，雖然起飛時間延誤了。
那些度過其他人生的乘客將一直睡在機場。

──2022.5.29

達利美術館

菲格爾拉斯[1]，山嶺裹著頭巾
像紅皮膚的中年婦人緊握風的熨斗。
田野在後視鏡中被反覆燙平，
變得越來越薄，像烤焦的脆餅。
太陽像盤子中的黑橄欖任人宰割，
把頭藏在雲的灰色麵包餐布裡。
生活[2]在這裡從不苦澀，最多是無味，
而且要過很長時間才端上來。
房屋黃油一樣融化，被隨意抹在海邊。
後者如同雛鳥張著嘴，但是光禿禿，
餓得像能一口吞下一座城市。
一隻又黑又瘦的斑鳩在美術館的
圓頂靜靜地站立，注視底下的傑作，
如同赫拉克勒斯看著他的戰利品們
感到力不從心。女人們能讀懂他的想法，
因為她們什麼也不知道，和這裡的上帝一樣。
而且還不會說英語。所以在他的畫中，
她們的聲音像黑胡椒一樣辛辣，
但她們的愛，像甜點可有可無。

---

[1]　Figueras，是西班牙赫羅納省的一個小鎮，達利美術館所在地。
[2]　名詞。

她們櫻桃般的頭會伴隨著帳單，
被服務員端著，在焦糖似的山尖碎裂。

──2022.8.31

聖家堂

檢票員的目光從未降臨我們。
對她們來說，我們只是一張張票據，
沒有面孔、不分國籍，印有同樣的價格。
這說明她們是耶穌，但不輕易赤身裸體。
她們的肌肉缺乏白色大理石的纖維，
卻竟然能長時間站著不動，如噴著熱氣的黑煙囪。
此地像一座十九世紀的車站，遊客如信徒，
信奉的卻是現代主義。每一束光都像一道鐵軌，
但是停運了，不給改簽日期。每一扇窗口
都不能退票，戴著古典學的有色眼鏡。
那張臉，我在許多地方見到過，在
靈魂的淡季，在一個人打折出售的愛中，
鈕扣般穿過扣眼，把兩個生命繫在一起，
但如今已經過時。那雙耳朵，由珊瑚和海螺製成，
因此什麼也聽不到。那思想，缺少天堂的基因，
卻旋轉在樓梯閃光的螺旋裡，讓每一面牆
都充滿風的細胞。而手指朝上的尖塔
正和夏天的雨拉勾，約定告別未來的時刻。
但不會是現在。不會在為藍色房頂做註的
細雨行文潦草的詩行中。它們用的是本地語言，

語法看不清。它們的作者和我們的一樣，
看起來是雙語者，把人翻譯成灰，卻從未校對。

——2022.10.6

巴塞羅那

八月有瘋狂的牛舌草，但牛沉默又安靜。
修道院的圍牆像處女關緊大門，
小山丘衣不遮體，但是不收費。

一條寬闊的小路盤繞林間空地，
像頭髮襯托中年男子的禿頂。
海水在遠處拍擊，像妻子的聒噪。

這裡上山的路人總是更多，
大概因為下山的路，提醒股票指數
不如想像得走高。

小酒館像火鍋一樣熱氣騰騰。
每個生人只要進去，就馬上變成熟人，
前提是身影足夠單薄。

雨落在巴塞羅那，只是因為累了。
畢竟公寓給的臺階，沒有劇院那麼多，
也沒有命運那麼少。

家具通過陳舊的氣味模仿靈魂。

思念嘶嘶作響，就像水壺燒開的聲音。

心像一把小木椅，卻沒有配套的小木桌。

──2022.10.14

赫爾辛基

——贈海平

公路漆黑如鐵，向西南延伸，
群島像一串鑰匙在風中作響，
掛在海灣的腰帶上。太陽沉落，
處在創造力的低谷中，但眼球充血
說明它酗酒過度。等到夜深了，
臉色逐漸變得難看的碼頭會用
歇斯底里的罵浪驅趕我們，彷彿怨婦。
海鷗像浪子在樓房的胸部來回，
在所有床單間穿梭，但是沒有愛。
不是因為別的，只是因為她們都老了。
不過我相信命運對我們的關愛
肯定多於對煙卷的，所以每當噩夢降臨，
讓它們的髮絲更早變白。當然，死後
同樣會被踩在腳下。雨淹沒地磚，
像往事填滿了思想，而街道的腦回路
都是水窪，就像某個哈佛學者的一樣。

——2022.12.3

聖誕節

如果不算看不見的人們，
此刻，城市的確空蕩蕩，
像是一個人的腦子，而且
好像真的停止運轉了。沒有雪，
但是房屋的鬢角有點白，
證明日子不好過。不過
樓道似乎憑藉海鯛魚湯的氣味
緩解了神經，使牆壁的肌肉
鬆弛，這也許就是它為什麼掉漆。
新年的意思就是每件事物的
體力都耗盡了，但是黑暗中
有種無形的東西在成長：所以
你聽見夜裡水管咔咔響，
像是怪物拔骨，為了前往伯利恆。
但沒有航班。高空餐廳依舊
插入雲霄，照這樣下去，
肯定能取代巴別塔，更不用說格式塔。
地上的天使燈還是多於天使。
聖誕樹閃亮，但並非完全自願，
忍耐視力模糊的小燈泡。
如果愛是網絡，那信號早就不好了，

而且人越多的地方越難找到。
因此天堂沒有愛。但這恰恰是
它和你心中的未來生活唯一的共同點。

——2022.12.27

附錄與訪談

二

詩人共和國

　　在2018年冬天的一次詩歌論壇上，主持人用他結結巴巴的致辭，提出了「詩人共和國」的概念，並盛讚某位批評家是共和國的「第一任總統」。拋開其禮節性的，甚至帶有些許恭維意味的讚美不談，這種任命本身就是不可能的。設想我們的世界中，如果真的存在一個詩人共和國，那麼總統也絕不會是批評家。這就相當於，不可能在音樂世界中，存在一個有機的群體，其中的領袖是卡拉揚等指揮大師，而真正的作曲家則無法登上舞臺中央。

　　這個比喻有以下三種優點。第一，在某些時刻，批評家的確像指揮家一樣，明白如何把觀眾感染至深，即使不懂音樂／詩歌的人，也會被他們短暫迸發的表演激情折服；第二，批評家和指揮家都可以更好地詮釋作品，如果一部作品流傳到今天還能被觀眾熟知，那麼必然離不開這些勤奮的演繹者的努力；第三，批評家和指揮家生來就是為了作為導航者存在，但是這種指引幾乎只是給他手下的其他人，以及旁觀的公眾。而對於創作者來說，他們既不需要站在舞臺中央，也不需要這種引導來重新改變自己的作品。然而，雖然有足夠的能力去取悅和引領大眾，批評家也並不適合總統的職位。在柏拉圖對理想城邦的想像中，理性負責統治，情緒負責協助，欲望則負責被統治；但是批評家顯然不具備充足的理性，他們對某類作品的癖好許多時候是天生的，而對另一些的厭惡也無法用理性來解釋。

　　更重要的是，由於學院體制的急功近利，當一位批評家開始經受訓練，他就必須閱讀大量的理論和批評樣本，而不是詩歌。這些樣本

會先入為主，並且毫不費力地使他明白，莎士比亞和托爾斯泰是詩歌和長篇小說的範本，而卡夫卡則是現代世界最具影響力的著作者。這會讓他在之後的批評中，不斷通過理性來擴充和支持最初的感受，利用更紛繁的邏輯訓練，來表達其實可以變得很簡單的好惡，和其他一般性結論。對理性而言，這似乎是有益的；但對詩人共和國而言，理性則被觀念和情緒引導，而領導者本該用理性引導觀念和情緒。

如果批評家不可以成為詩人共和國的領袖，詩人本身也難以做到。如果縱向比較有史以來最偉大的詩人們，任何批評家都可以列舉出一長串名單，莎士比亞、濟慈、華茲華斯、李白、杜甫、歌德、荷爾德林、艾米莉·狄金森、瓦爾特·惠特曼、T.S.艾略特、W.H.奧登、W.B.葉芝、耶胡達·阿米亥、德里克·沃爾科特……但任何人都很難說出他們當中誰更偉大一些，雖然這種比較並不是毫無意義。況且，偉大詩人們的性格通常都不適合做領導人物，他們往往為人懦弱和情緒化（濟慈、荷爾德林）；在生活細節上太過隨意（惠特曼）；對財務和世俗事物的知識缺乏恰當把握（李白）；過於獨立而游離於主流社會邊緣（艾米莉·狄金森）；對某些不切實際的信仰抱有難以理解的熱忱（葉芝）。他們有時任由理性支配，有時一揮而就；但按照布羅茨基的觀點看，他們更多的時候則是忍受著極端的智力衝刺和感情振盪的混合折磨。而當這種精神困境消除，也即他們不再寫作的時候，他們就只剩下徹頭徹尾的消極自我，或者一具屬於無個性的人的身體。

這麼來說，詩人共和國不太可能擁有統治者，而更可能擁有一個統治群體，類似於羅馬的元老會，或者現代民主政治制度下的議院。國家的法律和戰爭系統應該由卓有成就的、較為年長的前輩詩人領導，因為年輕詩人總是喜歡出風頭，而這正是軍事和司法領域的大忌。而在醫療、教育和商業領域，風頭正勁的年輕詩人則需要擔當要

職。一方面他們積極上進，融匯廣泛，交友頻繁，對更新迭代的資訊和知識跟進更快；另一方面，很多年輕詩人出身貧寒的底層，憤世嫉俗，平等意識非常強烈，這會讓他們比那些已經功成身退、衣食無憂的前輩們，更明白普通民眾生活的不易之處。議院需要由這些年老和年輕詩人共同承擔，但需要注意，浪漫主義詩人所持的票數需要被控制；而偉大的史詩作者、玄學派詩人、現代主義先鋒們的坐席應該被長期保證：正是他們在智性和靈魂的發展方面接近了蘇格拉底所說的哲學王的高度。

　　這樣一來，可能會導致某種不平等。被冷落的詩人群體可能會被視為某類不安定因素，如同他們中的很多人在歷史中遇到過的那樣。因此，這種社會體制不可避免地長期蘊含矛盾和異議的風險，但這種異議很可能又會被消解。因為詩人大多數更喜歡通過爭論，而不是暴力解決問題。另一方面，對詩的虔誠——這一點上，不得不說越是遭到排擠和異議的詩人，不管他們寫的好還是壞，他們的激情都更會令人印象深刻——往往會起到一種類似宗教的作用，這種極大的凝聚力不僅可能避免詩人們智力和經歷的局限引發的諸多煩惱，也會使官方和民間，主流和邊緣擁有和解的前提。他們會學習表面上的互相和解，並在和解和矛盾的交替往復中共存，情況類似目前的中國詩人們在各地開會。

　　因此奧古斯丁意義上的共同體可能會顯現在社會各個角落，因為這種情況下，平等的概念很難持續存在。按照奧古斯丁的說法，共同體由懷著共同的愛的人組成，但這種共同體會隨著每個人的意願，並且基於平等自由的原則被無限分割。假如一個共同體有十個人，一個人喜歡羊肉，而另外九個人喜歡牛肉，那麼這個共同體就會分裂為兩個，以此類推。W.H.奧登曾通過對共同體的討論來類比詩歌中藝術特質所帶來的詞語、符號和意義，在空間中富有秩序性的集合。如果

一首詩體現出一種共同體，那麼就是成功的；如果一首詩體現出兩種或以上的共同體，那麼就相應地帶來混亂和無序。

這種共同體對於詩人來說，由於他們經常神出鬼沒的特徵，會不斷在單位空間內，給局部社會帶來較為統一的聲音，並且又會經常被別的共同體打亂。較好地降低這一事實所帶來的影響的措施是，讓共和國的轄區們盡可能地施行聯合制度，彼此具有清晰獨立的界限，類似於牛津大學下屬的各個學院。每個特長、偏好和理想趨於一致的共同體會被編入同一轄區。這些轄區的個性各不相同，並且，在智性層面更接近一個真正的學院——他們必須具有自己的學術和藝術專長。比如A轄區的公民，可能對植物學和農業抒情具有極端濃厚的興趣，他們的大學和教育可能是全面的，但必須是富有這種傳統的；另一方面，在學術研究的同時，他們還有責任為國家提供糧食和蔬菜水果的供應。再比如，如果B轄區的共同體精於音律，他們就應該在音樂和詩歌的關係上有所發現，並且成為其他轄區的公民欣賞音樂會，參加娛樂活動的重要中心。這些轄區不應該以主義和流派進行劃分，而應該以愛好、知識和對世界所懷有的好奇來劃分。因此同一流派的詩人可能會分配到不同轄區，從而避免了單一轄區內出現詩歌話語權獨裁的可能。同時，因為精神層面的諸多契合點，以及對學術較為專注的投入，這些公民也將更容易地相處，避免群毆和可能發生的嘩變。

詩人共和國無法避免正常社會所面對的矛盾，除了藝術見解的衝突外，生產力的差異和貧富差距，也會經常成為讓統治者們頭疼的話題。為解決這一問題，除了在各轄區增設救濟站，以有限度地幫助那些好吃懶做，以至於流浪街頭的詩人們之外，國家還允許好的詩歌作為貨幣的硬通貨。一個詩人可能身無分文，但如果他懷著極大的天才完成一首詩，這首詩應被視作像黃金一樣珍貴，可以去銀行折合成相應數值的貨幣。因此，在詩人共和國中，還需要一個專門的詩歌評審

機構。這個機構的第一要務是保證一首詩的專利權（在憲法中，詩歌的專利權應該和公民的人身自由權一樣重要），其次就是組織專門的評審委員會，常年對詩歌進行打分。批評家和詩人都會在其中扮演重要的角色，但是由於該機構是共和國內最能夠影響經濟走向的組織之一，必然會滋生大量的貪污腐敗。因此，批評的權力依然能很大程度地影響詩歌發展的走向，甚至能威脅到統治集團的核心權威。從羅蘭・巴特和德里達開始，作者已死的陳詞濫調可能不再只是空想。很多後來的歷史學者，比如本・肖斯勒和武忠生佑都總結道，批評家們因為長期把控金融市場，以及在話語權上的主導地位，使自己的勢力不斷壯大。最終他們和利益勾連的少數詩人們暴力推翻了絕大多數詩人所支持的議會，成立了批評家共和國。詩人共和國不復存在。

2020.12.25

論「舒服」

一

　　現代詩的本質是使人舒服。聽起來，這似乎違背了現代主義以降詩人和批評家們的觀念。阿多諾就曾明確為現代藝術拒絕舒適感。T.S.艾略特在他那篇著名的檄文〈傳統與個人才能〉中，聲稱現代詩寫作本身是一個令人不安的過程。在這個過程中，寫作者要不斷拋棄舊我，並通過消解自身的個性，來使種種無法預料的經驗和印象結合。繼承了形式主義批評的衣缽，這種聲明看上去指向了現在的大學生們從本科就耳熟能詳的論斷：詩歌使人震驚。

　　但是隨後，艾略特補充道，詩歌的感情並不是稀奇古怪的人的感情，而詩也不是為了尋找全新的人類情感。如果現代性的使命是破舊立新，那麼詩歌為什麼不去尋找新的人類情感呢？可能的答案是班雅明式的，所有現在的情感都來自過去，都在歷史上存在過；或者是阿甘本式的，情感依據的是經驗，如果沒有新的經驗，人類就不會有新的情感／文化。考慮到我們已經生活在一個個人經驗殊異到極點，且其變化經常不可理喻的時代，這些論斷很難完全站得住腳。

　　如果我們順著T.S.艾略特的思路往下走，很可能會進入消極才能的概念漩渦，在這個漩渦中很多詩人都激烈掙扎過，但是收穫甚微。不如把目光轉移到同時代一些更明晰易懂的批評家身上。比如，理查德・瑞恰茲表示過，詩的要義是使讀者產生和作者內心對應的和諧秩序。秩序意味著保守，或者在一定時間上持有某種可控的狀態，而新

的人類情感是從外侵入的力量，意味著不穩定。之所以是侵入，是因為新的感情並不在讀者或者作者已有的感知範圍內，將給詩歌的秩序造成動盪。艾略特尤其注意到寫作者對感情和經驗處理的欠缺，指出拙劣的詩人，在該顯示自我的時候沒有自我，不該顯示自我的時候又顯示自我，這種詩歌策略的笨拙常常加劇了一首詩的審美動盪。

　　看來，動盪不是什麼好事，對審美的挑釁也不是語言混亂的藉口。無論是在華茲華斯和陶淵明的意義上，還是在新批評派的意義上。無論他們在多大程度上支持詩歌審美的陌生化，針對詩歌的效果來看，新批評作家們是堅定的保守主義者。他們強調詩的美學效果是一種有特殊秩序的效果，即使這種秩序內在充滿異質因素。這就是為什麼詩歌最終是要使人舒服。舒服是一種與心靈高度協調的審美狀態，意思是要讓讀者最大可能地充分感受到文本的技藝，節奏、氛圍和內涵等等。它和令人震驚並不矛盾。震驚是現代詩入門的法則，但需要成為舒服的閱讀感受的一部分。

　　這令我想起杜甫說的，晚節漸於詩律細。他已經不一味追求語不驚人死不休，而是追求每個形音義的細節，它們相互之間需要達到某種默契。但這並不是說，震驚是低級的，而是說震驚應該是必然的。一種情況是，如果它出現在一首詩的某個節點上，其震驚的效果就應該出現在那裡，讓讀者感到審美的慰藉或衝擊，好像不出現才是讓人震驚的。這就有點像濟慈的新葉比喻，是一種自然而然的狀態。另一種情況是，一首詩讓人震驚之處不會引發排斥感——對於訓練有素的讀者而言——反而會讓他們感到挑戰自身審美的愉悅。德國浪漫派把愉悅當做藝術的關鍵——連英國人塞繆爾·約翰遜都說：「*the end of poetry is to instruct by pleasing*」[1]——在今天來看仍然有其道理。因

---

[1]　　See Samuel Johnson, *Samuel Johnson's Preface to Shakespeare: A Facsimile of the 1778 Edition*, edited by P. J. Smallwood. Bristol: Bristol Classcial, 1985.

此，*to shock is to please*。震驚的必然性，就像一首詩的主題和律動那樣，既是一種嚴格的限制的產物，又是一種輕鬆自如的結果。

一首詩完全可以做到每一句都令人震驚，但是又出乎意料地給人以舒適感。以色列詩人耶胡達・阿米亥是這方面的典範。他在 *I Walk Past a House Where I Lived Once* 中寫道：

> The keyholes are like little wounds
> Where all the blood seeped out. And inside，
> People as pale as death.
>
> I want to stand once again as I did
> Holding my first love all night in the doorway.
> When we left at dawn， the house
> Began to fall apart and since then the city and since then
> the whole world.[2]

把鎖孔比喻成流血的傷口，其美學效果來得突然而迅猛，在此比喻的開端可能會讓人費解，尤其是考慮到這首詩的主題是一件極其日常的小事。但是 and inside 把比喻場景重新拉回到平緩的日常層面。and 的連接非常自然，它似乎表明作者本人並沒有被自己的比喻震懾住，流血的傷口只是一帶而過，根本不值得注意。「*people as pale as death*」不僅可以是真實存在的日常——這種情形在戰亂國家很常見——更說明了流血的傷口這個比喻有其存在基礎。這種基礎在於，這個比喻把鎖孔和房間裡的人，兩個並無關聯的事物聯繫起來，通過後

---

[2]　我並沒有找到本詩的中譯，因此直接引用英譯。Yehuda Amichai, *Selected Poems*, edited by Ted Hughes and Daniel Weissbort. London: Faber&Faber, 2018, 39.

者場景的日常性和確定性，證明鎖孔像流血的傷口是有說服力的，並且是為了整個場景的意圖而存在。用中國藝術的門道講，第二句是給第一句托底，保證其在凌空蹈虛的同時，不會使人感覺言之無物或者故作矯飾。

這兩句的律動也非常口語化，既不囉唆也不緊張，情緒的穩定和態度的自然使這個比喻更顯示出其獨特性。阿米亥原文並非用英語，但好在如泰德・休斯所說，阿米亥翻譯到英文中與其在希伯來語中別無二致。我至少半信這句話，但是百分百相信，英文中的阿米亥詩歌也有著真正純正的藝術質地。本詩的律動在下一節達到爐火純青的地步，長短句的交替和呼吸完美契合。城市和世界的毀滅由房間的傾塌開始，正如人類的毀滅由個人生活的消解開始，但這一切都隨節奏的微風而逝，顯得節制和淡遠。城市和世界的毀滅，看上去是一種宏大敘事，並且在本詩中缺乏詳細的解釋。很大程度上，是因為房間的傾塌已經給後續的延伸提供了動力點，一種演繹的邏輯基礎。如果換成「自從我們在黃昏離開之後，城市和世界就開始毀滅，」那麼兩個分句之間的意思就存在距離，用王國維的話說，就會顯得格格不入，使第二句產生由於突兀而無法共情的危險。

所以，一旦震驚效果壓抑了審美上的協調感，那麼震驚就顯得沒有必要，反而多餘。很多尚未熟練的詩人故作新語的弊端也在於此。他們的想法毫無疑問是正確的：對於現代詩來說，震驚是必須的。但只有合理的震驚才可以促進舒適感。一首毫無陌生化體驗的詩很難給人舒服的感覺，原因在於讀者的感情已經對陳詞濫調感到厭倦，對它們的油膩和扭捏作態感到失望，正如他們對那些故意嘩眾取寵的驚人之語「*punchline*」感到失望一樣。但陌生化體驗，不見得非得表現在意象上，或者稀奇古怪的人類感情上，這就是為什麼有些前現代的作家們依然是無法逾越的高峰：他們在思想、情感、韻律的複雜性上讓

人有正面的震撼效果,但很可能根本沒使用遠取譬。從心靈的深邃和
見識的透澈上來說,古典作家們的陌生化,比我們時代的詩人們要全
面得多,而他們對語言的理解也並不是我們想像的那麼老舊。看看杜
甫、王維、莎士比亞,我們就會知道什麼叫字斟句酌,把自身所處時
代的語言運用到極致。但是這種極致卻不過分,所謂「大巧之樸」和
「濃後之淡」(袁枚,《隨園詩話》卷五,四三)。現代主義的陌生
化,正如同威廉・燕僕訊所說的「*ambiguity*」,其實亙古存在。現代
主義詩人不是發明了它們,而是給它們以理論化,並且在一定程度上
進行技術化,以至可能導致極端化。

　　當代漢詩執著於語言的奇觀「*spectacle*」,但是奇觀與奇觀之間
仍舊有很大差異。與眼花撩亂的奇景描寫不同的是,臧棣的詩喜歡描
寫再平常不過的動植物,這種日常性給其語言邏輯以牢固的依託。和
阿米亥一樣,他的奇喻背後往往都存在一個完美貼合的細節原型,並
且能讓兩者觸類旁通。而其被經常指責的語法晦澀,則作為一種語言
風景,配合其張弛有度的口吻,存在於語義鏈條的轉動之中。這種晦
澀經常只存在於一兩句的閱讀體驗之內,而一旦閱讀全詩,日常生活
和形而上學的底色,以及事物之間的關聯的清晰性便會躍然紙上。比
如〈青蒿叢書〉:

　　　　像是和靈魂的顏色
　　　　有過比已知的祕密更詳細的
　　　　分工,即便是清明過後
　　　　它們也能經得起自身的外形考驗——

　　　　水靈到纖細的影子裡全是
　　　　碧綠的命脈……

　　第一節是典型的臧棣式開頭，一般的演繹邏輯「青蒿的顏色對比靈魂的顏色」被轉換成它們「比已知的祕密有更詳細的分工」。「靈魂的顏色」，本身非常抽象，但「即便清明過後」及時暗示這個表述並非空穴來風，而是在具體的風俗語境之中。「它們也能經得起自身的外形考驗」既是在說青蒿作為植物在清明節過後的成長狀態，也暗示了其對比物「靈魂」很可能在清明節之後又歸於沉寂，「沒有經受住考驗」。而第二節對青蒿綠色葉脈的形容「碧綠的命脈」再次造成雙關，一方面直陳其物，另一方面寫青蒿所代表的生命／靈魂狀態本身，它是如何仍然具有旺盛的生命力的。這六行詩之內，臧棣從抽象陳述到具體可感的細節進行多次轉換，甚至每一句都相容抽象和具象兩種可能。它們既及物又不及物，不及物同時也是及物。但是最精湛之處在於，這種其實需要作者高度專注才能產生的美學效果，只在一句話內部中實現。「像是」、「即便」和「──」全圍繞句子主幹服務，這個主幹的核心意思非常明瞭：青蒿的外形經受得住考驗。至於這種考驗是來自時間，季節或是命運的力量則根本無需申明，本詩恰如其分地提供了足夠的暗示空間。

　　本詩並不算臧棣詩中極其優秀的一首，但類似例子隨手可摘，足以管窺其特色。對於有耐心的讀者來說，臧棣的詩，舒適效果遠大於怪異，是因為其語法的怪異是為詩歌整體的和諧秩序服務的，這種秩序有著鮮明的個人思想和世界觀的印記，沖和飽滿，質地非常樸實。臧棣的模仿者通常關注他語法系統的獨特之處，但是忽略了詩歌整體的精神氣質，以及其晦澀外表下清晰樸實的本色。這種本色因其對最簡單事物的誠懇描寫而顯得動人。

　　因此臧棣詩的驚人之處，是他擅長在複雜對象和簡單對象，複雜意義和簡單意義之間進行自如轉換，在輕和重之間遊刃有餘。一旦複雜和繁重如同鵝毛落到地面，閱讀的舒適感就會油然而生。臧棣的例

子很好地解釋了，為什麼有些詩人聲稱自己藝術的目的就是為了讓人不舒服是不合理的。寫作者應該感到不舒服，但僅此而已。寫作技藝的複雜和表意的艱澀是針對過程而言，而它們最終都需要達到審美圓融的境界，不然即使專業讀者也很難繼續讀下去。現在有必要強調一點：我們既然論證了使人舒服的詩也可以是令人震驚的──如果震驚意味著挑戰──那麼舒服就不該被簡單理解為詩歌中平靜的內心感覺的心理投射，或者是詩歌明晰易懂情況下的審美靜止。情緒洶湧，精神分裂的詩，同樣可以給人舒適的感覺。希爾維婭‧普拉斯，和有些情況下的狄蘭‧托馬斯，都讓人心曠神怡，在於他們擅長在危險的邊緣找到審美平衡。比如普拉斯的〈鬱金香〉：

The tulips are too excitable; it is winter here.
Look at how white everything is, how quiet, how snowed-in.
I am learning peacefulness, lying by myself quietly
As the light lies on these white walls, this bed, these hands.
I am nobody; I have nothing to do with explosions.[3]

這些鬱金香實在太易激動，這兒可是冬天。
但看一切多麼潔白，多麼安寧，多麼像大雪封門。
我正在研習寧靜平和，獨自默默地靜臥
任光線照在這些白牆、這張病床、這雙手上。
我是無名小卒；與任何爆炸我都牽扯不上。

──得一忘二　譯

---

[3] Sylvia Plath, *The Collected Poems*, edited by Ted Hughes. New York: Haper&Row,1981,160.

　　普拉斯早期受到過很多非議，在於她喜歡像普通女文青那樣，太過激動地表達某物，以至於缺乏完整性。後來她吸取了教訓，認為描寫一個對象就要持續地對它保持專注，讓它的美學效果停留盡可能長的時間。本詩開頭的鬱金香被形容為「太易激動」，除此之外沒有正面描寫。普拉斯把專注力保持在對周圍平和環境的描寫上：冬天、潔白、安寧、大雪封門，所有這些意象不斷重複彼此，但都恰如其分地落在「平和」這個字眼上。如果沒有對病床前平和狀態的長時間鋪墊，那麼「我正在研習平和寧靜」這句話，聽上去就像一個急於表達自我，而且內心並不平和的女學生所說。之後的「任」、「白牆」、「床」，和「手」以神經質似的重複模式，強調了「研習平和」對主人公的嚴肅性。可越是強調自己研習平和，那種深藏的不安和動亂越蠢蠢欲動。「無名小卒」的意象使人聯想到狄金森著名的斷語：「*I am no body*」，這個意象點破了這節詩充滿暗示性的精神動盪。「任何爆炸與我牽扯不上」再次強調「平和」。然而值得注意的是，「爆炸」是繼描寫鬱金香「太過激動」之後，本節中首次出現與「平和」相對立的描寫。在這種情況下，鬱金香很自然的和爆炸聯繫在了一起，代表「瘋狂」。而普拉斯越是重複性地描寫平和，越代表鬱金香所隱喻的瘋狂可能是難以控制的。如此一來，本節詩表面上書寫平和，暗地裡卻一直推進形容鬱金香代表的「激動」。這也是之後詩節的描寫中，鬱金香為何順理成章地被形容為和鮮血一樣鮮紅，並且駭人。

　　對平和的重複書寫，以及伴隨而來的對鬱金香的暗示，都在一種持續的專注力中得到保持。而這種平衡關係也是這首詩想成立所必須擁有的，因為離開任何一端，另一端的表述都會面臨著墮落為情緒不受控的喃喃自語的可能。而開頭和末端的呼應又賦予本節內容相當強的控制感，無論是平和或者激動，都顯得哀而不淫，盡在作者掌控之

中。在此，對詩歌細節和情緒的掌控力成為舒適感的來源。閱讀這首詩獲得舒適感，並不因為這首詩本身是舒適的，而是因為作者可靠的技術能力，使人覺得一切似乎恰到好處。

嚴格的批評家和讀者，必須帶有這樣一種強迫症，即凡是一首詩中沒有做到對其具體情況而言恰到好處的部分，而是過少或過多，過輕或過重，過於急躁或過於緩慢，過於晦澀或過於直白，都會引起審美上的巨大不適，如同在聆聽音樂時發現和絃彈出了錯音，或者一幅墨竹圖少了一節竹子。注意，我並不是在討論一種中庸的態度，如果一首詩某個地方需要加快節奏，而作者卻不緊不慢，這同樣會造成不適感。詩歌作為文體之所以有尊嚴，無法被電影和小說所替代，正在於它對語言帶來的舒適感有如此變態的追求──如同馬拉美所說，詩歌就是語言最佳的排列組合。

二

舒適感只依賴一首詩本身，即其從措辭語氣到節奏戲劇性等諸環節的互相作用，外在因素對它的影響決不可能是決定性的。由於每首好詩自己擁有獨特性，舒適感也相應地具有個性。換句話說，閱讀詩歌的舒適感不是一種模糊的感情，而是具體的，強烈地帶有這首詩本身的烙印。一首詩引發的舒適感不太可能完全與另一首詩引發的一樣，即使很多時候它們非常類似。另一方面，舒適感不是一種平庸的感情，不是那種沒有不順的流暢感，或者無關痛癢的安全感。它不是你面對一首平平無奇，但又沒有明顯缺陷的藝術品時的感受。一首詩很可能各方面處理得都接近完善，但有素養的讀者會在閱讀這類詩歌的時候產生某種模糊的，無法言傳的感情，覺得說不上哪裡好，但是又說不出來不好。在當下人們定義的「好詩」中，大部分的情況都與

此相似。這類詩歌絕對說不上差詩，但它們給人的感覺與其說是舒服，不如說是束縛，靈魂被束縛在這首詩遙遠的聲音當中，無法體驗審美的酣暢和自由。或者可以這麼說，這類詩歌給人的感覺最多是一種缺乏個性的舒適感。身處某個緊密團體中的詩人常會給人這種感受，他們缺乏個性，彼此雷同。但最重要的是，這類詩普遍缺乏核心部分的天才閃光，更像是嫻熟的工匠打磨而成。與此相反，好詩給人的舒適感具有鮮明和直接性。這並不是說好詩無需打磨；相反，好詩常需要智力的持續投入，和技術層面的刻苦訓練——袁枚說的性靈已經無法撐起我們時代的寫作。但是所有人力的效果，卻是為了讓詩歌在某個瞬間直抵靈府，即使不是醍醐灌頂，也讓整個精神為之一振，讓精神因為分享了這首詩區別於其他詩的獨異性，用尼采的話說：「*principium individuationis*」，而變得開闊和靈動。比如阿米亥在〈清晨仍是夜間〉中的細節：

> I said, I will move back a little, as at an exhibition,
> to see the whole picture. And
> I haven't stopped moving back.[4]

> 我說過，我會往後退一點，就像在一場展覽中
> 為了讓自己看清整幅畫面。而且
> 我還在一直往後退

　　　　　　　　　　　　　　　　　　——劉國鵬　譯

4　Yehuda Amichai, *Selected Poems*, 47.

　　這節詩包含了有趣的悖論，人與人之間距離的拉開，抒情主人公的退卻，目的是為了看得更清。這個悖論之所以令人印象深刻，不僅因為自身的辯證法，而且是因為達成這個悖論的工具竟然只是一個簡單的類比。通過「就像」這種若無其事的口吻，阿米亥在一個詩歌不顯山露水的時刻使詩歌的抒情態度變得無比微妙。而這種微妙性所帶來的舒適感，在於兩種力量的共振：喻體事項在行動上與本體的高度默契——「往後退」，以及本體祕而不宣，而由喻體自然引發的弦外之音——「看清整幅畫面」（不必提及英譯picture在此的雙關效果）。但是，這兩句話的組合尚未形成抒情深度的極致，直到「我還會一直往後退」的重複把「遠」的疏離感加深，使生命中無能為力的悵惘，失落和孤獨的意味成為最後擊潰人心的主題。這句簡單的重複，同時也在節奏和辯證法上不斷延伸表意的可能。如果退到足夠遠的地方，那麼主人公是否還能看得清畫面？遠和近還是否具有辯證關係？主人公往後退確實是出於自願嗎，還是無可奈何？

　　這些問題並不需要回答。但是感受到這些弦外之音的和絃，是一首詩讓精神感到舒適的巔峰時刻，所謂「是有真跡，如不可知」（《二十四詩品》，〈縝密〉）。這些和絃的美妙不與其他任何詩和絃的美妙雷同。因此，一首頂級的詩給人的閱讀體驗是任何其他好詩（或者不那麼好的詩）無法代替的。這種閱讀過程也是讀者的精神走向成功的過程。如阿倫・格羅斯曼所說，一首詩的作用在於，它通常在人的意志自治力的臨界點使人獲得成功。好詩的精神淬煉給人以成功的滿足和豐收感，差詩則會讓人頹喪沉悶。

　　當然，一首詩完全可以通過故意為之的不和諧音，和精心安排的突兀，來造成頹喪沉悶，乃至寂滅的效果。如同莎士比亞以單調的句法描寫單調，或者經常有人去嘗試的，以無法停歇的長句其壓抑和急促的節奏感，描寫現代生活的壓抑。但這種詩歌成功的前提仍然是

恰到好處，即使是策蘭戰後詩歌的極端形式，也是極端得「恰如其
分」，否則連拉庫拉巴特和海德格爾也無法閱讀。如果形式太過炫耀
自身以超過能容忍的限度——這並不是從觀念論出發分離形式和內
容，而是指的詩歌中作為實體的形式——那麼形式的效果反而會被削
弱。因為審美和寫作一樣，同樣需要注意力。還因為這樣更會招致哈
羅德布魯姆所言的「憎恨學派」的抱怨，認為當代詩越來越像文字遊
戲，變得不可理喻。

　　由於逆反心理，就像青春期的孩子在叛逆，很多詩人強調自己就
是在做文字遊戲，並在這條路上越走越遠。實際上，這樣的做法反倒
契合了憎恨學派的觀點，認為詩歌中存在著一種二元對立，即遊戲與
現實，如果沒有文字遊戲，那麼詩歌的文體尊嚴就會喪失。可是遊戲
也有輸掉的時候，詩人們並不一定總是贏家。執著於遊戲本身，不如
更好地理解遊戲規則。阿多諾說抒情詩具有社會性，此論斷無法與藝
術的技術分離來看。只有文本得到恰當處理，藝術的精神性和物性才
能保持平衡。如果玩家笨拙地脫離經驗——玩得不好，文本就可能既
脫離「實體性」*substantiality*，也無法保留「本真性」*authenticity*。[5]
當詩歌不再只是為了遊戲而遊戲的時候，其重要性就遠遠不止遊戲本
身；一旦遊戲玩家技術拙劣，那麼詩歌就只能是遊戲，是負面意義上
的「不可理解之物」。

　　一種可能的錯誤判斷是，認為詩歌不被讀者理解，是因為其中的
隱喻和典故超過他們的常識。對於缺乏文學素養的讀者群體來說，這
種情況經常發生。七八十年代開始，伴隨中國現代化思潮的反智浪潮
就是例證。掉書袋和故弄玄虛經常成為詩歌閱讀者指責詩人的利器。
即使是對有文學素養的讀者，也通常存在難以區分的情況，一種是詩

---

[5]　See Theodor W. Adorno, *Aesthetic Theory*, trans. Robert Hullot-Kentor. Minneapolis, Minn.:
University of Minnesota Press, 1997.

歌的某個部分確具魅力，但是無法理解；另一種情況是，詩歌的某個部分處理得非常尷尬，必須借助對其典故和出處的瞭解，才能勉強感受到其美學效果。如果真像艾略特所說，瞭解一首詩不需要瞭解詩人——從非學術的立場，這個說法是切中要害的——那麼同理，欣賞一首詩也不需要詩歌之外的前提。如果一首詩的某個部分，其用詞或表意本身就不恰當，那麼從審美角度，它背後的互文本則沒有什麼意義。這就是經常被忽略的一點，即詩歌本身的缺陷無法依靠外在事物彌補。艾略特給〈荒原〉的注釋加劇了理解文本的難度，是因為文本本身的難度是迷人的——雖然沒有那麼迷人，注釋才會發揮作用。對一首差詩而言，它的注釋可能涉及人類文明的每個角落，但絲毫不影響它是一首差詩。真正的藝術作為遊戲的關鍵點，在於遊戲者無法利用外在性騙人，他只能自己解決問題，並且永遠無法蒙混過關。

　　詩人蒙混過關，其實要比小說家蒙混過關難得多。巴爾扎克可以在《人間喜劇》的開頭浪費篇幅，但是不影響之後的故事仍然讀起來千姿百態；喬伊斯的《尤利西斯》並不總是能通過音節的流動塑造戲劇性，《追憶似水年華》和《紅樓夢》也不是每一頁都無與倫比。小說的偉大允許其存在疏漏，而詩卻幾乎不允許。不單單因為詩篇幅短而小說篇幅長。很大程度上，是因為小說是一個講述的過程，而詩歌是一個說服的過程。一首詩必須要讓讀者信服它包含的每個字的魅力的必須性，信服它講述的故事是不得不說的，信服詩人的判斷在智慧上無法被質疑。否則讀者就會覺得，換我也可以這麼做。這就是為什麼有時候一首詩不讓人舒服，原因在於讀者無法被說服。如果丁尼生說：「Come, my friends. 'Tis not too late to seek a newer world，」那麼他就要證明，我們的確為時未晚。如果〈荒原〉認為倫敦塔橋上的人都是行屍走肉，那麼就要讓讀者明白他們是行屍走肉的歷史和個人情境。與此類似，如果我在一首詩中寫到：「但我不能睡去，也不能

做夢／因為這樣就不會坐過站」，我就會產生自我懷疑：憑什麼不會坐過站？於是我把「因為」改成了「也許」。我對未來尚不篤定，所以無法為讀者呈現一個篤定的判斷。

　　使人信服並不意味著邏輯必須嚴謹，而是說詩歌中的聲音不能有一丁點虛偽，草率和敷衍，否則表意就難以成立，除非這種草率具有令人傾倒的氣質。布羅茨基說：「那些忘記我的人足以建立一座城市，」聽上去有些草率，但它剛好勾勒出說話者悵然又目空一切的桀驁個性。這種斷語的魅力在於放大這種個性，讓詩歌成為藝術家氣質的結晶。這是李白和惠特曼這類詩人成功的祕訣之一。如果一句話本身無助於表現足夠的魅力或個性，那麼它的出現就必須格外謹慎。〈鳳凰〉寫道：「痛的尖銳／觸目地戳在大地上／像一個倒立的方尖碑」。這一段寫在詩歌的第十七節，來形容鳳凰涅槃後的壯烈形象。無論是「痛的尖銳」，還是「感官之痛」，都是抒情主人公自己的判斷。但這種判斷是基於「鳳凰重生」的母題產生，而不是基於本節的寫作邏輯產生。這一節的注意力集中在思辨人與飛翔的關係上——「人，不是成了鳥兒才飛／而是飛起來之後，才變身為鳥／不是飛鳥在飛，是詞在飛」。這種辯證的斷語本來無可厚非，雖然其語調的生硬讓人有些難以消化——但更重要的是，這種抽象的邏輯遊戲讓本節末尾的「痛苦」看上去像是一種宣言和姿態，而並非真的體會到了痛苦。沒有人知道痛的「尖銳」是什麼，而無論它還是方尖碑，本身作為意象也並不足夠新穎或吸引人。甚至考慮到「觸目」和「戳」的強化作用，讀者可能會覺得作者想過於急切地形成某種情緒深度，不顧及這種深度和之前乾燥的邏輯遊戲是脫節的。這種情況更應該出現在汪峰的抒情歌曲中，而不是在一首本應深思熟慮的當代詩中。

三

　　因此，一首詩讓人信服的重要表現，是其智性足以征服讀者的智性，其情緒足以提煉讀者的情緒，其思辨足以驅動讀者的思辨，而不是引起讀者的詰問。一般所說一首詩的粗糙，通常就表現在它如何缺乏說服力上。當代古漢語的詩歌寫作寸步難行，也是因為它在這些方面還不足夠讓當代讀者信服，故而也無所謂舒服。一種最近流行的風尚引發了詩人們的爭相效仿，那就是以古典文學原本為基礎，以當代詩進行再闡釋。這種嘗試的出發點為我所欣賞，我們的文學傳統可能以這種方式被當代性啟動。但遺憾的是，大多數人的實驗都落進兩種窠臼，一是在闡釋力和理解力上無法形成原創性，以至於新瓶裝舊酒，成為原文本的現代文學翻譯；二是另闢蹊徑，模仿古人之語，力求生僻艱澀。儘管如此，專拾取今人所「吐棄不屑用之字，而矜矜然炫其奇，抑末也」。（《隨園詩話》，二五）。

　　本文所舉古漢語詩歌的例子，說明語言的說服力不僅依賴其自身的鍛造，還被語言的使用者，以及語言所處的時代風氣、社會環境、意識形態等影響。這個問題涉及到相當複雜的情況：一首詩往往會在倫理、道德或意識形態方面不令人信服。不僅因為，就像特里·伊格爾頓所說的，經驗*empirical*陳述的缺陷會降低詩歌的道德*moral*價值[6]；還因為詩歌的道德價值因人而異。對謝默斯·希尼來說充滿道德價值的詩，可能對愛爾蘭激進派來說不道德；對加繆[7]來說《反抗者》是道德的，可對薩特[8]來說不道德；對保羅·策蘭來說，〈死亡賦格曲〉某種程度上是道德的，可是它的音樂性又會讓批評家懷疑它

---

[6]　Terry Eagleton, *How to Read a Poem*, Blackwell, 2007, 29.

[7]　臺灣譯作「卡繆」，法國小說家、哲學家、戲劇家。

[8]　臺灣譯作「沙特」，法國哲學家。

不道德；對塞繆爾・約翰遜來說，詩的真實是道德，對布羅茨基來說，詩的智力是道德；對左翼青年來說，愛國的詩是道德的，對自由派來說，愛國的詩很可能沒那麼道德；熱衷描寫女性裸體的詩對男性來說可能沒有不道德，但是對女權主義者來說，卻常常不是如此。實際上，伊格爾頓對狄蘭・托馬斯「*round pain*」的批評，不是因為伊格爾頓是現實主義者，而是因為他是人道主義者——詩人不應該在悼念死者時以悲痛炫技。[9]同理，杜甫「朱門酒肉臭，路有凍死骨」之所以受到讚譽，不是因為其技術，而是因為悲天憫人的道德觀。

　　看來，對詩的道德判斷無法與對詩的審美嚴格區分，反而經常混雜進後者中。只有極其公正的讀者，才能在肯定一首詩是偉大的同時不被其道德判斷影響，或者在批評一首詩很差的同時不被其正義感迷惑，但這種情況其實很難發生。事情的轉機在於，如果我們對一首詩的閱讀，能將道德作為審美舒適的權力，而不是將道德作為審美舒適的義務，那麼詩歌的道德問題就會清晰得多。詩歌讀者，包括詩人，既不需要按照亞里士多德的看法，把道德當做持之以恆的技藝；也不需要按列維納斯和德里達的方式，把道德作為勿施於人的原則。只要一首詩在其中觸及生命尊嚴這一底線的部分是敏感而不是漠然的，那麼它的政治立場，利己主張與階層偏見都可以被擱置。換句話說，一首看上去不道德的詩，比如自私傲慢的（比如自稱「上等人」），或者對人類苦難不屑一顧的詩，有可能也是好詩。雖然它在歷史中大概率會受到消極待遇，因為對於有同情心的人來說，這類詩讀上去並不讓人舒服。

　　很大程度上，詩歌的道德問題可以這種方式化繁為簡：對於任何時代的任何讀者而言，如果一首詩引發的不適感全在於其不道德，那麼它不一定是差詩；如果一首詩舒適感的來源全在於其道德，那麼這

9　*How to Read a Poem*, 30.

首詩肯定不是好詩。北島的「卑鄙是卑鄙者的通行證，高尚是高尚者
的墓誌銘」不是好詩，並不是因為它是價值觀的傳聲筒，而是因為除
了價值觀之外，它無法再提供滿足讀者審美需求的其他質素。它最多
提供了某種抒情姿態gesture，而這種姿態本身並不飽滿，它在結構上
不具有葉芝「駛向拜占庭」的那種統攝力，在語調上也不具有丁尼生
「 *to strive, to seek, to find, and not to yield*[10] 」的沉穩性格。相對來說，
徐志摩的「我揮一揮衣袖，不帶走一片雲彩」是較好的詩句——雖然
它更加羅曼蒂克——讀者會在其中發現道德陳述之外的美好事物，比
如音韻方面的匠心。然而，由於「揮一揮衣袖」的姿態同樣僵硬，如
取之諸鄰，以及旋律的簡單化處理，〈再別康橋〉仍然會在嚴肅的讀
者群體中受到輕慢。

由於較少有絕對的道德，讀者在閱讀詩歌中，往往也較少獲得絕
對的舒適感。因此，詩歌的讀者本身必須努力清空道德偏見，才能最
大化一首詩的閱讀體驗。這就是詩歌讀者的艱難之處，他不僅需要豐
富的閱讀經驗和智性鍛煉，同時也需要對道德和風氣的相對性有清晰
的認識。否則，讀者對一首詩舒適感的整體認知可能會大相徑庭——
由於個體和歷史的特殊性，其中的微小差異是被允許的，就像天文學
的估算差值——這可能導致對詩的評價完全相反。宮廷和應酬詩在魏
晉南北朝很受歡迎，但是在今天讀者卻頗有微詞；沃爾科特的詩可能對
於傳統英格蘭詩人不值一提，但是對新大陸詩壇來說卻耳目一新；黃庭
堅在蘇軾的仰慕者看來矯飾過度，但在很多朝鮮詩人看來則別開生面。
這些差異都是合理的變化範疇。但是，有些極端的差異卻體現了如今詩
歌教育的無奈。我在北大詩歌課擔任助教時，曾見到學生們對特朗斯特
羅姆截然不同的評價，某些人認為他極其鬆散，另外一些人認為他極

---

[10] Alfred Tennyson,〈Ulysses〉.

其凝練。有些讀者對艾略特毫無興趣，因為艾略特不會讓他們感到「舒服」，或者堅信郭敬明和李誕才是詩人，認為他們的詩能給心靈舒適感。詩歌感受力的差異，是當代詩的美學準則飽受爭議的重要原因。問題並不在詩本身，而在於讀者是否能盡可能全面地接受詩歌教育，並盡可能擴充他的閱讀範圍。當代讀者的藝術思維訓練必須足夠具有強度，然後才有可能適應詩歌本身的強度。當讀者的心智越來越成熟，他就越可能對以前很容易傳遞舒適感的詩感覺失望，並對以前覺得有難度的詩感興趣——並發現某些有難度的詩實際上同樣一無是處。在經過巨大的積累和附帶的自我折磨後，一首詩是不是讓人舒服，就會在較高的智力層面取得某種求同存異的共識。在這種情形下，讀者就會明白為什麼特朗斯特羅姆是凝練的，並且明白為什麼郭敬明還根本沒有入門。

結語

　　詩歌對讀者能力的要求如此苛刻，這就是為什麼在藝術中詩的地位常與哲學頡頏。詩不是那種身著時髦禮服，笑起來蠢不可及的人們所能陪伴的事物。因此，伊格爾頓充滿貴族氣地說道，大多數人之所以不理睬大多數詩，是因為大多數詩不理睬大多數人。詩歌是在後現代社會中為數不多的，還保存著古典時代的高貴性的藝術，儘管它同樣適用於人們在茶餘飯後消遣，或供賓客們在領事館的聚會上妙語連珠。但偉大的詩都承擔著比這些事情更為重要，也更加艱難的任務，就是挑選它的讀者。在此過程中，精神活動會在抽象和現實世界中都獲得全新的位置感，而心靈也會在矛盾叢生的人生中煥然一新，尋找到一種使它真正舒服和從容的存在方式。但詩歌和詩人，很可能事先對此一無所知。

2022.1.21於牛津

詩人訪談

訪談人：陳家坪[1]

訪談時間：2021.7.1-2021.8.22

陳：你的詩句：「但生活仍然完整，如同一座磚房，／雖然裡面什麼
都沒有。」生活經受了破壞，但還完整，又如什麼都沒有的空磚
房。這裡面包含了奇妙的隱喻，這是否也是你抒寫日常生活的一
種基調？

王：是的，算是一種基調，但不怎麼限於日常生活，這可能和我的性
格有點關係。在生活或思考中的大多數時刻，我覺得自己還是會
較為輕鬆地看待問題，很少會板著臉。算不上詼諧，但是多少有
點隨性。另外，我們的詩歌觀向來比較強調嚴肅立場，這種嚴肅
包括主流和非主流的對立兩面。也就是說，詩歌中獨立的姿態，
也經常是以鬥士，或者深刻的知識分子形象出現的。但是我們的
實際生活可能是很鬼魅的，你無法對其做單一的價值判斷，比如
什麼是好，什麼是壞，我們失去或得到了什麼。就拿疫情來說，
它既有全球性的很殘酷的一面，但周圍也會看到，很多人還是該
旅行旅行，該逛街逛街。但我說的這些，和相對主義或者虛無主
義沒什麼關係。我想生活中那些最深刻的破壞，多數都是無法言

---

[1]　原名陳勇，中國詩人、紀錄片導演，1970年4月出生於重慶，現居北京。

說的，或者不全是表面的殘垣廢墟。詩歌有個優勢，是能夠通過暗示性，觸及到常規話語體系觸及不到的內在痛癢。因此和常規話語比，我習慣詩的調性不要太重，或者需要舉重若輕一點，這樣才不會停留在表面的得失上，讓它貼合生活本來的微妙。

陳：除了寫日常生活，你還寫過什麼類型的詩？

王：沒數過，但以前寫了很多神話戲仿、詠物詩、悼亡詩，以及寫風景和行旅的詩，這些我現在也很喜歡。也有一些純粹產生自想像的詩，寫的時候我知道怎麼寫下去，但是有時不太知道自己寫的內容是什麼，要等寫完了才會知道。當然也包括一些愛情詩。不過我不是很喜歡分類，大多數情況下，我喜歡讓幾條線索融合在一起，並努力讓它們互相協調。所以就有個挺有意思的現象，我記得以前寫過愛情詩，朋友以為在寫現實問題，我寫一些嚴肅的體材，他們又以為我在寫風花雪月。它們的基調不盡相同。其實每首詩的調性都不會百分百一樣，要看說話人的狀態和要表達的意思。不過，我非常喜歡我們剛才的對話以討論語調開始，因為我認為這是任何一首詩的關鍵因素。

陳：你靈活地寫作不同類型的詩，是因為有不同的創作動機嗎？

王：是的，有時確實是感物而發，或者對周圍或者現實中的事情有話想說，這差不多是寫東西的人的一種常態。但有時候我也會有意識地拓寬體裁和類型，可能是一種競爭欲在作祟。常常會有某一段時間我寫得很順，但是會發現很順的這幾首差不多是類似的寫法和體裁。然後我就強迫自己寫寫不熟練的類型。在我看來，

不太可能存在為賦新詞強說愁這種可能。某種程度上，所有有效的寫作都是「賦新詞」，而感性衝動和智力操練都是合法動機。「賦新詞」這一點，我原來本科讀蘇軾的時候就有很深的印象。寫作必須是一種競技行為。

陳：你寫的第一首存在競技的現象嗎？是什麼具體原因和機緣，讓你開始寫詩了？

王：我有點不記得第一首是哪首了。不過要是自己真正滿意的第一首，應該是〈林蔭道〉，一首本科在加州做研究的時候寫的短詩。最開始的時候我非常喜歡古典詩歌，當然現在也很喜歡。上大學之前，接觸的基本都是古詩。當時清華好像出個一個系列叢書，裡面有一本叫《西方文學十五講》。裡面對浪漫主和象徵主義傳統的評述比較深入淺出，這是我高中時候非常喜歡閱讀的一本書。但是瞭解也差不多僅限於此。所以到了大學的時候，一開始現代詩對我的衝擊是非常大的，有點排斥。但特朗斯特羅姆那年的獲獎成為我的一個機緣，我大概花了一個暑假努力弄懂他在說什麼。有一天就忽然開竅了，開始對裡面的意象使用著迷。當然那個時候我的水準也只能從這些比較淺的層面學習。當時我手頭還有一本《現代抒情詩的結構》，也翻了好幾遍。現在國內學者們好像很喜歡引用這本書，尤其是年輕學者。因為讀得很激動，所以也開始想寫。但激動是一回事，寫得好是另一回事。很快我的注意力就轉移到怎麼寫好上了。在北大第二年跟陳曉明老師上課，我當時提問和討論很踴躍，處於一種亢奮青年的狀態。陳老師大概是看出我對文學性本身的熱情，就鼓勵我以後做研究和寫作都要以此為本。很慚愧，現在也沒有什麼值得稱讚的

成果，但是我確實記住了他的話，現在讀東西也是一定要看透
別人為什麼好，或者哪裡不好。這本身對我的寫作也是一種提
高。之後又機緣巧合認識了臧棣老師，他對語言本身的敏感和信
心，對我的衝擊非常大。兩位老師的價值觀支撐了我那時候的衝
勁。所以如果說那時候我有競技心理的話，大概是一種興奮狀
態下，不斷魯莽地試探自己創造力上限的衝動。

陳：你寫詩主要是受學校環境影響，你的家庭影響和其他社會影響
有嗎？

王：其實也不能這麼說。學校環境是個很重要的因素，但還是比較外
在的。家人的影響也存在，但也都是輔助性的作用。就像里爾克
所說的，一個人寫詩，歸根到底還是其精神的必然性導致的。就
是必須寫，不寫就覺得自己的生存遇到了問題，或者自己不是完
整的，真實的內在好像被什麼東西遮蔽了。其實我不太願意說這
些。因為我們的詩歌文化，好像很願意宣揚詩人的天賦和其中神
祕的崇高感。我記得原來一個北京很有名的詩人，我就不說是誰
了，在北大講座，三句話不離自己是上天派來寫詩的這個意思，
時不時手往天上指一指。很自戀，而且沒必要。另外，很多年輕
人的詩歌觀，也容易被英雄主義左右。裡面暗含一種犧牲精神，
彷彿自己一定要和世俗劃清界限，覺得自己是殉道者，不寫詩就
活不了。每天愁眉苦臉的，這就有點走火入魔的意思了。還有一
種是一定要闡釋得比較深刻，認為自己寫詩承擔了什麼任務和職
責，學術性地去分析。我每次看到就很累。詩已經是賦魅了，我
們學院出來的人還要拿出一整套話語裝飾自己和自己的詩，再度
去賦魅，大可不必。學院的人更應該清晰簡潔地認識問題，不要

動不動上綱上線天花亂墜的。其實一個人是不是應該寫詩，是不是註定要寫，更像是一種生理機能。有的人生下來喜歡跑步，有的人就喜歡寫詩，當事人自己心裡都有數。寫詩的必然性犯不著說出來，否則表演性就會比較強。至於社會層面，我想應該沒有。我們的社會文化環境已經讓當代詩非常邊緣化了，在資本，出版，輿論等方面都是如此。在這種環境下寫詩，說明當事人都比較堅強。

陳：你似乎比較在意詩歌寫作的自覺意識，和精神發展的必然性，但畢竟不是每個人都會自覺地寫詩，精神的發展也會出現其他哲學、宗教、科學等不同的表現方式，同時，某些詩歌寫作也會在主題上接近他們，那麼你的主題意識會關涉到哪些方面？

王：如果說主題意識，我們不妨換個詞，主題潛意識。因為事情往往是這樣，當簡單地寫到一個物體，一個人，很少會專門為描摹而描摹。但我又不會刻意挖掘背後的深意。我很少採用象徵性的寫法，象徵主義感覺會比較武斷，像是強行給事物賦予某種意義。一般情況下，我會讓事物和事物之間發生聯繫，也可以說這是遠取譬，但更接近於重新組織事物存在的邏輯，然後在這個基礎上考察其中的人，可能是第一人稱，也可能是第三人稱，他心靈的運動和狀態是什麼樣的。這就是所謂主題潛意識，無論是寫物、歷史、社會問題，還是哲學思辨，我的好奇心會慢慢轉移到被牽涉其中的人身上。我以前注意到斯多葛學派的一個說法，意思是宇宙是一個有生命的物體，所有人在其中都息息相關。所以宇宙也像是一個人，反過來人也可以是宇宙，和其他無窮多的宇宙關聯。如果存在哲學潛意識的話，對關係的把

握和對人本身作為一個宇宙的把握，是非常讓人感興趣的。狄蘭‧托馬斯也論述過類似的問題，比如人的內在宇宙。如果我們還能延伸下去，那麼這個宇宙中的暗能量是什麼？他的寂靜和轟鳴又如何發生？其他的詩人，比如穆旦和奧登，會借助宗教解決或掩蓋一些問題。可能我沒有那麼多宗教情結，有也多是泛神論。我對宗教事物的莊嚴和美比對它本身的觀念感興趣。大概以後會逐漸接觸更多宗教母題。

陳：你所說的「我的好奇心會慢慢轉移到被牽涉其中的人身上」，這個「人」是人本主義意義上的人，還是「文學即人學」意義上的人？你是怎麼理解人、自然和生命？

王：兩種理解角度都可以。首先肯定是詩中的主體，那個單數的人。但對人的關注，說到底還是「文學即人學」的表現，而這個層面上，我們說的是文學與複數的人的關係。從單數到複數，並不是把意義拔高了，最多是擴展。因為「人學」之所以成立，還是得依賴對單數的人的描寫成立。不過當代詩裡所說的人，和現代詩還不太一樣。現代詩中的人，如果是作為詩中的主體，常常是那種憂鬱的城市漫遊者形象，表現一種波德萊爾式的孤獨，或者是作為社會機器上的零件，像國內詩人，穆旦很多詩裡都有表現。另外大約就是獨居者，沉思者，自然的凝視者，異國流浪者這幾類。現代主體的特點和當代主體的特點還是非常不一樣的。現代主體的焦慮還是完整的，也就是知道自己在焦慮，並且常常知道自己為什麼焦慮。這種焦慮可能是二元對立下，現代生產資本和社會體制造成的，或者是自己的局限和世界的無限的衝突造成的。但是當代詩的主體，或者說具有當代性的人，他的感受是破

碎和延綿的。我們生活中的切身經驗，其實不簡單的是有一個巨大的機器或者力量在和你對著幹，而是快速運轉的周遭世界中出現的各種瑣碎事務，很多不知名的力量，不知不覺在蠶食你的身心。甚至是你手機上看到的一個新聞，可能來自地球的另一邊，那些人和你毫無關係，但是卻能深刻影響你的心情。當代性的人感受是高速流動，並且高度駁雜和綜合的。這種情形在現代性主體上基本不會發生。所以當我們討論人和生命，我思考的是它們的當代性。在這個基礎上，我們才能重新理解自然，從當代人本身去理解。而不是作為一個知識分子，或者一個文明概念上的人，去看待我們和自然的關係。

陳：你意識到「很多不知名的力量」對人心的蠶食，從你的成長經歷來看，你還去了英國留學，應該是具有了更為寬闊的文明視野和世界眼光，你將如何看待那些被我們稱之為偉大或者平凡的個人歷史和文明歷史？

王：說不上更寬闊的文明視野和眼光。人們總希望詩人去各地遊歷，從而對世界有更加具有整體性，同時也更多元開闊的認識。但實際上，在今天互聯網如此發達的時代，我對英國某個建築的瞭解可能比不上百度簡單介紹的詳細。人的行旅和其思想的世界性並不必然成正相關。更可能的是，一個人越是周遊，他就越具有在地性，或者說對每個地方的特殊性的敏感。整體的概念會在這個認識過程中分解。對我來說英國不再是一個國家概念，而是公園，一日三餐，身邊的行人，和被偷走輪子的自行車。美國也有這些，但是被偷走車的品牌，顏色和質地都是不一樣的。行旅帶來的這種對事物的具象和特殊性的強化，同樣也適用於文化和文

明層面。對詩而言，個人歷史和文明歷史，似乎更難分清哪個更重要。每個人都有其獨特的歷史。如果我們把一個文明人格化，其歷史也會像個人的歷史，充滿荒謬和不值一提的時刻，但是其獨特性也是難以複製的。把歷史人格化／賦魅，這似乎是哲學史給我們留下的傳統，為的是對人／歷史的發展提供一個整全的視野 *vision*。但是現代和當代詩歌的道路似乎是相反，它要求比「沉浸」和「被拋入」更為在地，也更為細微獨特的體驗回饋。歷史正如生命，缺少必要的圖式，我們用不著通過任何理論來窺探生命的意義，哪怕如德勒茲。我們知道這些理論，認識這些文明，學習這些觀念。然後我們要做的是把這些拋諸腦後。寫詩是一個全新的體驗生存和文明的開始，體驗它的唯一和不可複製性。但這些並不意味著詩歌只會著眼於局部經驗。恰恰相反，通過這種體驗，詩歌揭示的是無限的真正面孔。

陳：像類似於詩人徐志摩他們那一代人，他的詩給我們帶來的詩意想像對你有影響嗎？

王：徐志摩那一代比較特殊。我們可以把五四運動看做現代中國第一次具有革命意義的文化事件，這段時期最有影響力的，就是白話文的興起和西方文學資源的大量湧入。徐志摩他們恰巧處在一個對外來文化非常渴望的時代，所以真的是融匯廣泛，觸類旁通，瘋狂吸收各種文學風格。而浪漫主義彼時又是最能為大家接受，在美學上最容易模仿，風格上最能體現「羅曼蒂克」和「布爾喬亞」的摩登人類的文學思潮，在意識形態上又最具有通俗意義上的革命性和崇高感，所以很自然成了白話文努力的方向之一。但是我們又看到，徐志摩這一代在古典學問上也都大多較為扎實，

因此儘管非常浪漫或現代，不同作家又有不同程度上的古意風流。徐志摩、冰心、戴望舒、聞一多、郭沫若等等，他們出現在電視和小學課本上，被周圍人傳誦，中國人不可能不受這些影響。

我曾在很多場合見到詩人們抱怨，徐志摩等給現代中國詩的讀者留下的是一個扭曲的詩歌形象，似乎詩歌只是關於風花雪月和浪漫抒情。這對於詩歌的去魅和普及是不好的，這我的確承認是事實。但實際上，責任並不在徐志摩們本身。問題可能出在後面一代代學者和作家對文學史的梳理，以及媒體的傳播上。現當代詩歌史是嚴重缺乏反思的歷史，其間充塞的更多是偏見，抱怨，嫉妒和慍怒。而反觀徐志摩本人，也確實是詩歌天才，詩人們對他的攻擊往往也只是意氣用事。

但這並不是說當代詩人必然生活在五四一代的陰影下。事實上，當代很多詩人的能力，已經超過他們很多。他們的影響天生擺在那裡，包括八十年代的海子等人，不可避免。但是寫詩的人，應該在後天去探索一些更開闊的詩歌傳統。既然詩是一種技藝，那麼只有與世界級的前輩較量，才能得到真正的提升，也才算真正有所謂影響的焦慮。不然很容易自說自話。

陳：你認同或強調「詩是一種技藝」，那麼你是從哪些方面來理解並在詩歌寫作中去實踐這個技藝的？

王：首先是語感。每種語言都有自己的語感，不同的字母和漢字，都有自己獨特的質地。即使是好像、猶如、彷彿，這三個詞在強弱和聲音上也有非常大的區別。某種程度上，詩歌寫作中幾乎不存在同義詞，或者不存在質地完全一樣的詞，哪怕是兩個「的」。

其實我並不願意扮演傳授寫詩知識的角色，因為有好為人師之
嫌，但是我一直想，如果我能總結出某些規律，對於自身寫作，
以及讀者接受詩歌來講都是非常有益的。我覺得寫詩很重要的一
點就是，培養出極度敏感的語感，對語義和語言本身的頓挫有敏
銳的把握。而對漢語來說，既有語言的平仄，重音，又有對於一
個字表面形狀體積的把控。這就不簡單的是英語詩人常說的，要
有一雙好的耳朵，而是還要有好的視力，甚至是好的嗅覺。在養
成這種感官層面的基本能力之後，詩就是形式，句法，以及語言
互相組合搭配的藝術。這其中需要大量的經驗，和必要的平衡
感，才能讓一首詩的意思更完善地表達出來。我往往會發現，同
樣的意思，某個著名詩人表達出來的不一定更陌生化，但是更舒
服、妥帖、微妙，有必然性。布羅茨基說，任何東西都能夠包括
在寫作之中，只是需要其獨特的表達方式。在創造出對於一種寫
作對象的表達後，還要設法將其和關於其他對象的表達結合起
來，讓不同的表達互相纏繞但是又暗含某種微妙的秩序。這種秩
序不單是表面的，還要具備對更廣闊空間的暗示性。或者，我需
要自己去做到信心十足地掌握一首詩什麼關口該表面，什麼關口
該暗示。如果有一天可以細緻地說，我願意把我自己不成熟的，
和所有我尊重的詩人的寫作方法彙集成一本書，但現在我們只能
點到為止，不管是在宏觀還是微觀層面。

陳：哪些詩人的技藝給你留下的印象，包括你自己的作品中的技藝，
　　請舉例談談。

王：比如布羅茨基和阿米亥有個共同點，就是對非常日常的事物進行
　　描寫，但是下一句，或者一句話之內，就能馬上引申出具有強烈

暗示性的寓意。這是一種對周遭世界重新進行闡釋的方法。舉例來說，比如阿米亥說過：「一個男人從沙灘上歸來，拎著他的鞋子」，這是一個非常常規的陳述句，然後緊接著下一句是「就如同拎著他的靈魂」。把鞋子比喻為靈魂，用一種身體性的東西遠去譬精神性的東西，本身就非常有趣。而如果仔細想，從沙灘上走來，鞋子可能被海水打得潮濕，甚至變形，也可能裹滿了泥沙，給人一種比較疲憊和無力的感覺。而「拎著」暗示了，這個男人本身也沒有準備好「穿鞋」，他仍然是光著腳在沙子裡跋涉。對這一個簡單的場景進行引申，這背後的隱喻空間突然變得非常大。對靈魂的描寫就有了很多弦外之音供人聯想。當然除去這種遠去譬式的引申外，還可以轉折，遞進，讓步等等，分很多小的技術種類。我也可以舉一個我的例子供大家批評。比如在疫時八首的第八首，我說學院的門口「碎石零零落落」，後面引申是「彷彿某種秩序被從石質的中心摧毀了」。這樣一來，石頭是石頭，但同時屬於一種更大的形而上的整體。我自己比較多的採用這種寫法，但其個中的變化，我仍然沒有窮盡。

後續採訪

訪談時間：2022.1.11

陳：從剛開始寫詩到現在，你的詩歌創作經歷了哪些階段性的變化？置身於同代人的寫作環境，你會怎麼去設想自己的詩歌道路？

王：剛開始讀本科的時候，我比較反感現代主義，認為過度的私人性是危險的。就像多數人對現代詩的觀感，認為太私人而無法共

情，或者覺得是文字遊戲。隨著閱讀的擴展和實踐的總結，我從最開始的反感變為熱愛，但仍然始終警惕，提醒自己現代主義的原則不是放之四海而皆準。我曾花了很長時間圍繞「晦澀」這個概念進行深入閱讀。我認同燕僕訊所說的，晦澀是一切時代詩都具有的特徵。我也承認，當代漢詩的晦澀經常是一種對讀者心智強有力的考驗。但是，還是需要區分好的晦澀和壞的晦澀。並不是一首詩我們讀不懂，它就一定有多深奧。好的晦澀，比如臧棣老師，和海子的很多東西，是好的晦澀。就是表面可能難以理解，但在你理解之前，語言本身就足夠有吸引力引導你去讀。而讀下去之後，詩裡面的意義會呈現非常複雜，但同時又非常清澈的景觀，或者說柳暗花明。壞的晦澀，裡面的東西是混亂和混沌的，對訓練有素的讀者而言，本身就沒有太大吸引力。這種詩表現的無非是作者本人的狹隘和偏激。人們最開始寫詩的時候很容易犯這個毛病。而且很遺憾，當代文學史上，壞的晦澀的確不少，和那些唱反調的，故意靠低俗淺顯語言反對智性的詩，南與北一丘之貉。這些詩對人的心智是沒有益處的。

　　總之，區分這兩種晦澀，對我而言，是寫詩進階的第一步。在這一階段的初期，大約也就是從我本科畢業前後開始，我通過對許多英美重要詩人的模仿來進行技術演練。這種技術練習並不是為創造複製品，而是通過對別人優缺點的琢磨來反省個人風格的得失，並漸漸從中發現自己的聲音。《獅子岩》出版之後正好趕上疫情，那期間我寫了〈疫時〉組詩。從這組詩開始我的詩歌語調就比較定型了。當然，我現在還隨時會調音。

　　其實同代人我讀的很少，有限的作品也來自和我比較熟悉的朋友，並且是我認為寫的非常好的青年詩人。總體的印象是，同代人的寫作非常多元，無法一概而論。但比較不同的是，在詩歌

風格上，別人可能從同代人身上汲取很多營養，我並沒有受過任何同輩影響。

　　未來還不知道，現在出版很難，另外我已經快兩個月沒有寫詩了。這是一段年尾偷懶的時期，也是放空期。我期待我能寫出一些不同以往的新的東西。

語言文學類　PG2900　陸詩叢09

獅子岩：
王徹之詩選2015－2022

作　　　者 / 王徹之
主　　　編 / 楊小濱、荣　英
責任編輯 / 石書豪、陳彥儒
圖文排版 / 周妤靜
封面設計 / 李　揚
封面完稿 / 吳咏潔

發 行 人 / 宋政坤
法律顧問 / 毛國樑　律師
出版發行 / 秀威資訊科技股份有限公司
　　　　　114台北市內湖區瑞光路76巷65號1樓
　　　　　電話：+886-2-2796-3638　傳真：+886-2-2796-1377
　　　　　http://www.showwe.com.tw
劃撥帳號 / 19563868　戶名：秀威資訊科技股份有限公司
　　　　　讀者服務信箱：service@showwe.com.tw
展 售 門 市 / 國家書店（松江門市）
　　　　　104台北市中山區松江路209號1樓
　　　　　電話：+886-2-2518-0207　傳真：+886-2-2518-0778
網路訂購 / 秀威網路書店：https://store.showwe.tw
　　　　　國家網路書店：https://www.govbooks.com.tw

2023年7月　BOD一版
定價：250元
版權所有　翻印必究
本書如有缺頁、破損或裝訂錯誤，請寄回更換

Copyright©2023 by Showwe Information Co., Ltd.
Printed in Taiwan
All Rights Reserved

讀者回函卡

國家圖書館出版品預行編目

獅子岩：王徹之詩選2015-2022 / 王徹之作. --
一版. -- 臺北市：秀威資訊科技股份有限公
司, 2023.07
　　面；　公分. -- (語言文學類；PG2900)(陸
詩叢；9)
　BOD版
　ISBN 978-626-7187-74-6(平裝)

851.487　　　　　　　　　　112004079